# 죽음에서 돌아와, 모든 것을 구하고자 최강에 도달한다

③ HE CHALLENGES THE FIGHT FATEFULLY.

[저자] shiryu  [일러스트] 테시마nari

He lost all his important things.
As he respawn, he aims
for the invincibility to save
everything.

# CONTENTS

HE CHALLENGES
THE FIGHT FATEFULLY.

He lost all his
important things. As he
respawn, he aims
for the invincibility to save
everything.

# 죽음에서 돌아와, 모든 것을 구하고자 최강에 도달한다

HE CHALLENGES THE FIGHT FATEFULLY.

[저자] **shiryu** [일러스트] **테시마nari。**

## ⚙ CHARACTERS ⚙

| | |
|---|---|
| 에릭 아울린 | 과거로 전생해, 한 번 잃었던 모든 것을 지키고자 분투한다. |
| 티나 아울린 | 에릭의 소꿉친구. |
| 이레네 하루지온 | 에릭의 전생의 연인. |
| 크리스토퍼 레오 베고니아 | 베고니아 왕국의 왕자. |
| 예레미아스 아스타라 | 베고니아 기사단 단장. |
| 레오나르도 카를로 베고니아 | 베고니아 왕국의 국왕. |
| 안네 벤딕스 | 베고니아 마법 기사단 단장. |
| 비비아나 스파노 | 베고니아 마법 기사단 부단장. |
| 리베르토 코랄레스 | 베고니아 기사단 부단장. |
| 유리나 카슈팔 | 베고니아 기사단의 기사. |
| 엘레나 밀우드 | 베고니아 기사단의 기사. |
| 니나 글라디오 | 에릭이 죽인 마족의 여동생. |

HE CHALLENGES THE FIGHT FATEFULLY.

He lost all his important things. As he respawn, he aims for the invincibility to save everything.

# 제 1 장 | 각오

　내가 크리스토를 호위하며 하루지온 왕국에 간 사이 베고니아 왕국이 공격받았다는 정보가 들어왔다.

　그리고 그 사실을 전해준 사람은 내 전생의 연인, 이레네였다.

　늘 만나고 싶다고 염원하던 사람이 눈앞에 있건만, 한가롭게 이 야기나 나눌 상황이 아니었다.

　나와 마법 기사단 부단장 비비아나 씨는 마도구를 이용해 곧장 돌아가서 베고니아 왕국을 지켜야만 한다.

　그래서 나는 이레네에게 딱 한마디만 전하고 마도구를 기동했다.

　"—이레네, 반드시 한 번 더 만나러 올게."

　그리고 나와 비비아나 씨는 새하얀 빛에 휩싸였다.

　왕국에는 유리나 씨와 엘레나 씨, 그리고 티나가 있다.


　제발, 다들 무사하기를……!

◇  ◇  ◇

"하아아압!"

나는 달려드는 마물에게 검을 휘둘렀다.

늑대 마물의 공격을 피해 파고들어, 벤다. 마물은 몸에서 피를 뿜으며 두 동강 나서 땅으로 떨어졌다.

"유리나! 너는 그쪽으로 가!"

"네!"

나는 선배 병사가 시키는 대로 왼쪽으로 달렸다.


현재 이곳 베고니아 왕국 왕도는 적의 급습을 받고 있었다.

업무로 시가지를 순찰하던 때, 그 사건은 예고 없이 찾아왔다.

왕도 정문에 있는 종이 울린 것이다. 그 종소리는 이내 왕도 전체로 퍼져나갔다.

지금까지 정문의 종소리를 들어 본 사람은 거의 없었다.

태어나서 왕도를 떠난 적이 거의 없는 나도 한 번도 듣지 못한 소리였다.

정문의 종소리는 적의 급습을 알리는 경보.

그 종이 울리자 곧바로 주민들의 피난이 시작됐다.

나도 피난 유도에 나섰지만, 적의 공격은 예상보다 훨씬 빠르게 진행됐다.

문이 뚫리고 수많은 마물과 병사가 쏟아져 들어왔다.

그들의 정체는 갑옷을 보자마자 알 수 있었다. 린도 제국이라는 마족 나라의 병사였다.

마물 수만 마리가 밀려든 시가지는 순식간에 전쟁터로 변했다.

나도 몇십 마리를 처치했지만, 결국은 새 발의 피.

평화로웠던 도시가 지금은 사람과 마물의 피로 물들고 불길과 연기로 뒤덮였다.

주민들이 죽어갔다.

시체를 보면 상처도 전부 제각각이었다.

마물에게 죽은 사람, 무너진 건물에 깔린 사람, 적 병사에게 당한 사람.

심지어는 도망치다가 인파에 밟혀 죽은 사람까지.

피난이 끝나지 않은 상황에서 정문이 돌파당해 민간인 피해가 막심했다.

지금 내가 있는 곳은 중심가 부근이며, 이곳의 안쪽에 주민들의 피난처가 있다.

그러니까 무슨 일이 있어도 이곳을 뚫려선 안 된다.

나는 선배와 함께 마물을 죽이며 대피하지 못한 사람을 찾아다녔다.

쉴 새 없이 거리를 뛰어다니는데 엄청난 수의 마물과 적군, 주민의 시체가 나뒹굴어 눈을 돌리기가 괴로웠다.

지금도 도시 안에서는 마물과 왕국 병사들이 끊임없이 싸우고 있었다.

그것을 보고도 지나쳤다. 나는 내 역할을 수행해야 한다.

생존자가 없는지 찾으며 계속해서 달렸다.

"앗?! 목소리……!"

그렇게 달리던 도중, 어디선가 사람 목소리가 들렸다.

무척 작고 갈라진 목소리였지만 똑똑히 들었다.

어디지……!

주변을 살피는데 또 조그만 목소리가 들렸다.

"저쪽인가! 기다려, 지금 구해줄게!"

목소리가 난 방향으로 달려가면서 큰 소리로 답했다.

도착하고 보니 집이 붕괴해 목재와 돌이 쌓여 있었다.

하지만 소리를 낸 사람은 보이지 않았다.

"살려, 주세요……!"

"……! 괜찮아?!"

목소리는 무너진 잔해 아래에서 들렸다.

여자아이의 목소리였다.

목소리를 따라가서 목재를 치우거나 칼로 베다보니, 무너진 잔해 틈새로 여자애의 얼굴이 보였다.

"괜찮아?!"

"응…… 괜찮, 아…….."

어린아이였다. 다섯 살은 됐을까?

온통 먼지를 뒤집어써서 지저분했지만, 눈에 띄는 상처는 없었다. 피도 나지 않는 것 같다.

아마 건물이 무너질 때 생긴 작은 틈에 몸이 끼인 것 같다.

몸집이 작아서 우연히 화를 피한 것이다.

나는 그 아이를 끌어안아 붕괴한 집에서 나왔다.

"이제 괜찮아! 안전한 곳으로 가자!"

"엄마가, 아직 집에 있어……."

여자애는 그렇게 말하며 방금 나온 집을 가리켰다.

"미안, 너희 엄마는……."

아이를 구하면서, 보고 말았다.

이 아이를 구조할 때 약간의 틈도 없는, 도저히 어른이 들어갈 수 없는 곳에서 피투성이가 된 팔이 튀어나와 있었다.

"가자. 여기는 위험해."

"엄마는……?"

"……큣!"

나는 아무 말도 하지 못하고 아이의 손을 잡고 걸었다.

아이는 하고 싶은 말이 있어 보였지만, 말없이 따라와 줬다.

나는 방금 헤어진 선배 병사와 합류했다.

"남은 아이를 찾았나!"

"네. 이 아이를 안전한 곳까지 데리고 갑시다."

그렇게 여자애를 데리고 가려던 순간, 뒤쪽에서 마물들이 나타났다.

"제가 막겠습니다. 그 아이를 데리고 후퇴하세요."

"부탁한다, 유리나!"

선배는 신속하게 판단했다.

미안하지만, 선배보다 내가 강하다. 내가 남는 편이 생존에 유리하다.

"언니……? 어디 가?"

여자애가 울먹이면서 나를 올려다봤다.

내 옷자락을 꼭 쥐고서.

그 행동이 귀여워서, 그럴 상황이 아닌데도 작게 미소가 떠올랐다.

"괜찮아. 나는 안 죽어. 또 만나러 갈게."

"약속이야……?"

"그래, 약속."

나는 마물을 계속 경계하면서 여자애의 머리를 쓰다듬었다.

그러자 조금 전까지 풀이 죽어있던 아이가 살며시 웃어 보였다.

"선배, 부탁드립니다."

"그래, 너도 죽으면 안 돼!"

선배는 그러면서 여자애를 안아 들고 달려갔다.

홀로 남은 나는 마물에게로 돌아섰다.


추악하게 생긴 마물, 오거와 마주했다.

오거는 키가 2미터를 거뜬히 넘는 인간형 마물이다.

평범한 인간보다 훨씬 큰 덩치는 그것만으로 상대에게 위압감을 준다.

머리 높이 치켜든 곤봉이 나를 으깨려고 떨어진다.

하지만 나는 가뿐하게 피했다.

덩치가 큰 만큼 동작은 느렸다.

곤봉을 피하며 오거의 옆구리로 접근해 그대로 물 흐르듯 팔을 절단했다.

오거에게도 통각은 있는지 잘린 팔을 붙잡으며 비명을 질러댔다.

그때를 놓치지 않고 이마에 칼을 꽂았다.

이마에 꽂은 칼을 다시 뽑자 오거의 몸이 땅으로 쓰러졌다.

"헉, 허억……!"

이제 내 주변에 있는 오거의 시체는 총 다섯 구.

그밖에도 다른 마물 몇 마리와 내가 죽이지 않은 마물도 섞여 있었다.

이미 내가 해치운 게 뭐고 남이 해치운 게 뭔지 모를 정도였다.

선배와 여자애를 떠나보낸 나는 혼자 이곳에 남아 계속 마물과 싸웠다.

아무리 베어 죽여도 마물은 꼬리에 꼬리를 물고 나타났다.

이대로는 내 체력이 못 버텨……!

어떻게 해서든 중심가까지 물러나서 회복하지 않으면 위험하다.

그렇게 생각해서 중심가 쪽으로 달리려던 순간— 폭음이 울렸다.

폭발은 중심가 한가운데서 일어난 것 같았다. 여기서 1킬로미터는 떨어졌는데도 폭발음은 강하게 고막을 압박했고, 충격으로 땅이 흔들렸다.

"무, 무슨 일이지……?!"

폭발이 일어난 자리에서 불과 연기가 치솟았다.

저 위치는 주민이 대피하는 곳이다.

"설마 방어선이 무너졌어?!"

그곳에서는 많은 병사가 적의 침공을 막고 있었다.

그곳이 뚫렸다면 대피한 주민들은……!

게다가 방어선이 돌파당하면 적은 왕궁까지 침입할 것이다.

우리 기사단이 반드시 지켜야 할 것은 백성이다.

그건 예레미아스 기사단장의 가르침이었다. 하지만 그는 뒤에 이렇게 덧붙였다.

『이 말을 한 사람은 레오나르도 카를로 베고니아 폐하입니다. 그분은 자신보다 백성을 지키라고 말씀하셨죠. 백성을 진정으로 아끼는 폐하를, 우리는 함께 지켜나가야만 합니다. 왜냐하면 폐하 또한 이 나라의 일원이기 때문입니다.』

나는 그 말에 감명받았다.

현 국왕인 레오나르도 폐하가 백성을 아끼는 마음과, 예레미아스 단장님의 결의에.

수습 시절, 나는 그 말을 듣고 진심으로 이 나라를 지키는 기사가 되겠노라 마음먹었다.

그래서, 방어선을 돌파당할 수는 없어!

백성의 희생은 말할 것도 없고, 저곳에는 왕궁으로 이어지는 큰 외길이 있다.

지금의 폭발로 인해 정말로 방어선이 무너졌는지는 알 수 없지만, 무슨 일이 생겼다는 것은 확실했다.

　서둘러 가야 한다……!

　나는 지친 몸을 채찍질하며 마물의 시체가 널브러진 길을 질주했다.


　마주치는 마물을 해치우거나 때로는 피하면서 폭발이 있었던 곳에 도착했다.

　그곳은 이미 지옥으로 변해 있었다.

　다가오기 전부터 비명이 들렸고, 내 불안을 뒷받침하듯 곳곳에 시체가 깔렸다.

　오는 길에도 시체는 많았지만, 이곳에 비할 바는 아니었다.

　마물 사체가 더 많기는 하나, 백성의 시체도 많았다.

　"젠장, 젠장……!"

　시야가 흐릿해졌다.

　나도 모르는 사이에 눈물이 흐르고 있었다.

　아무것도 할 수 없었다.

　그런 생각이 마음속을 가득 채웠다.

　다가오는 마물을 죽여도 그 마물에게 죽은 사람은 살아 돌아오지 않는다.

　"—큭!"

　이 지옥에서 검을 휘두르는 와중에 시야 한쪽으로 아까 구한 여자애가 보였다.

그 아이는 무너진 집 앞에 주저앉아 있었다. 옆얼굴이 눈에 들어왔지만, 아직 죽지는 않았다.

"비켜!"

정면에 있는 마물을 죽이며 여자애에게 다가갔다.

가까이 가서야 그 아이가 뭘 하는지 알 수 있었다.

아이는 손을 잡고 있었다. 같이 있었던 선배의 손을.

먼저 출발했던 선배는 누워 있었다. 크게 뜬 눈은 아무것도 보고 있지 않았다. 눈을 떴는데도 빛을 보지 못했다.

입에서는 피가 흘렀고, 배에는 거대한 물체가 꽂혀 있다.

여자아이는 죽은 선배의 손을 잡아주고 있었다.

"여긴 위험해! 도망가자!"

"……언니, 이 사람……."

말을 걸자 아이는 내 얼굴을 쳐다봤다.

나를 기억하는 모양이었다.

"안 움직여……."

"가자!"

나는 강하게 말하고 여자애를 데리고 가려고 했다.

―그 순간, 뒤에서 인기척을 느껴 몸을 돌리는 동시에 검을 휘둘렀다.

그러자 검에 맞은 누군가가 뒤로 밀렸다.

"큭…… 눈치챌 줄은 몰랐다."

거기에는 갑옷을 입은 남자가 있었다.

남자는 배에 공격을 맞고 피를 흘리는 중이었다.

옷, 그리고 붉은 눈을 보니 린도 제국의 병사일 것이다.

뒤에서 나를 죽이려고 한 모양인데, 반격을 당해 심각한 부상을 입고 말았다.

나는 여자애를 뒤로 숨기며 그자에게 검을 겨누고 외쳤다.

"비켜! 나는 이 아이를 안전한 곳으로 데리고 가야 해!"

"뭐? 그러면 날 죽이고 가든가."

"그 상처로 나한테 이길 수 있다고 생각하나?"

"기어오르지 마. 이까짓 상처 때문에 내가 여자한테 질 리 없잖아! 방금은 방심했을 뿐이야!"

그러면서 남자는 오른손에 검을 쥐고 내게 돌진해 왔다.

나는 그 공격을 정면에서 막았다. 흘리거나 피하면 뒤에 있는 여자애에게 맞을지도 모르니까.

하지만 남자도 부상을 입었고, 나는 웬만한 남자보다 힘이 세다.

어렵지 않게 막은 검을 오히려 내 쪽에서 밀어냈다.

힘 싸움에 밀려 상대방의 자세가 무너졌다.

"으......!"

그는 상처를 부여잡으며 일단 물러났다.

한 합만 주고받고도 느꼈다. 내가 이 남자보다 강하다고.

부상을 입지 않았더라도 아마 내가 강했을 것이다.

"이해했겠지? 너는 나를 못 죽여. 빨리 길을 비켜."

내가 경고하자 남자는 나를 노려보면서 잠시 생각에 빠졌다.

"……너, 방금 내 자세가 무너졌을 때 왜 공격하지 않았지?"

"……큭!"

"설마 너, 사람을 못 죽이는 건 아니겠지?"

남자의 말에 아무런 대답도 하지 못했다. 식은땀이 등줄기를 타고 흘러내렸다.

그리고 떠올렸다. 에릭이 했던 말을.

『당신은— 진심으로 검을 휘두른 적이 있나요?』

에릭이 하고 싶었던 말은 검이란 사람을 죽이는 도구라는 것.

에릭이 말한 진심이란 사람을 죽일 각오로 검을 휘두르는 것.

나는 이곳, 베고니아 왕국의 기사다.

무척 명예로운 직업이라고 생각한다.

기사가 되기 위해서 검을 잡고 살았다고 해도 과언이 아니다.

내게는 재능이 있었다.

여자라도 남자를 뛰어넘을 정도로 검술 실력을 키웠다. 검술 실력이 내 자신감이 되었다.

나를 이길 수 있는 사람은 기사단에서도 단장님과 부단장님 정도밖에 없다고 자부했다.

하지만 그렇게 기고만장하던 내가 연하의 남자에게 패하고 말았다. 나보다 연상인 남자에게도 진 적이 없건만.

그 남자는 내가 한 번도 진심으로 검을 휘두른 적이 없다고 말했다.

사람을 죽일 각오.

내게는 그게 부족하다.

아마 단장님과 부단장님도 그런 각오로 검을 잡았으리라.

어쩌면 나보다 약한 사람들도 진심으로 검을 휘두르는지도 모른다.

무섭다. 사람을 죽이는 것이.

마물을 죽이는 건 괜찮다. 아마 말이 통하지 않거나 겉모습이 인간과 다른 탓이겠지.

사람을 죽이면 내 안에서 뭔가가 바뀔 것만 같아서 두려웠다.

다른 병사보다 실력은 분명히 내가 앞선다.

하지만—.

"하하! 걸작이군! 왕국 병사 중에는 사람도 못 죽이는 인간이 있나!"

이럴 때 활약하는 것은 나보다 약해도 사람을 죽일 각오가 된 사람이라고 깨달았다.

눈앞에 있는 남자는 웃으면서 공격해 오고, 나는 그것을 막았다.

검을 맞대고 힘 싸움을 벌이지만, 단순한 힘은 남자가 더 강해서 시간이 지날수록 점차 밀렸다.

"큭……!"

남자의 붉은 눈이 내 초조한 얼굴을 들여다봤다.

그는 웃는 얼굴을 조금 전보다 사악하게 일그러뜨리며 더 강한 힘으로 밀어붙였다.

내 뒤에는 어린 여자아이가 있다. 더는 뒤로 물러날 수 없다.

미는 힘을 흘려보내 상대의 자세를 무너뜨렸다.

그리고 검을— 휘두르지 않고 무방비한 배에 발차기를 꽂았다.

"커억……!"

방금 배를 베였으니까 꽤나 아플 것이다.

남자는 배를 부여잡고 몇 걸음 물러났다.

그는 고통스러운 표정을 짓지만, 이내 입꼬리를 씩 끌어올렸다.

"하, 역시 검으로 공격하지 않는군……."

"큭! 닥쳐라! 나한테 못 이긴다는 건 알았을 텐데! 다른 곳으로 썩 꺼져!"

나는 칼끝을 겨누며 소리쳤다.

하지만 그자는 가소롭다는 듯 웃었다.

"그래, 평범한 결투라면 못 이기겠지. 하지만 죽고 죽이는 싸움이라면 이길 수 있어. 게다가 지금 너는 쓸모없는 짐짝도 안고 있잖아?"

남자는 나에게, 아니, 뒤에 있는 여자애에게 손바닥을 내밀었다.

"……큭!"

그 행동에 불길한 예감이 들어 뒤에 있는 여자애 쪽으로 달렸다.

"『그랜드 랜서<sup>지면창</sup>』."

여자애를 낚아채다시피 안고 그대로 점프했다.

그 순간, 땅에서 솟아오른 창이 다리를 꿰뚫어 통증이 퍼졌다.

"큭—!"

여자애가 다치지 않게 가슴팍에 꽉 끌어안고 굴렀다.

"괘, 괜찮아?"

구르던 몸이 멈추고, 나는 끌어안았던 여자애를 봤다.

"응, 괜찮아……."

"그래? 다행이다."

여자아이를 일으켜 세우고 머리에 붙은 먼지를 털어줬다.

한쪽 무릎을 꿇고 눈높이를 맞췄지만, 여자애는 내 다리를 보고 있었다.

"언니, 다리에서 피 나……."

"괜찮아. 하나도 안 아파."

다리가 욱신거렸다.

확인하지는 않았지만, 감각으로 보아 아마 왼 다리를 공격당했다. 땅에서 튀어나온 것이 발목을 관통한 것 같다.

일어나려고 한 순간, 지금껏 느껴본 적 없는 격통이 밀려왔다.

"─으!"

여자애와 얼굴을 마주한 상태로 아파할 수는 없었다.

하지만 조금 티가 났나 보다.

"언니, 괜찮아?"

"……그래. 괜, 찮아."

참고 일어나려고 했지만, 왼쪽 다리에 힘이 들어가지 않았다.

그러나 바로 뒤에 남자가 있다는 것이 기적으로 느껴졌다.

무릎 꿇은 채 돌아보자 남자가 머리 위로 든 검을 내리치고 있었고, 반사적으로 검을 베어 올리듯 들어서 방어했다.

"상황 역전이군!"

남자가 위에서 체중을 실어 찍어 눌렀다.

"큭……!"

이 공격을 흘려보내는 것은 간단하다. 검을 옆으로 살짝 틀기만 하면 된다.

하지만 지금은 그럴 수 없었다.

그랬다가는 다음 수단이 없다.

다음 행동이 늦어지면 뒤에 있는 여자애가 피해를 입을 수도 있다.

공격을 흘려내서는 안 된다.

하지만 이대로 밀리다가는 지고 만다.

"맞았으면, 갚아줘야지!"

그 순간, 남자의 발이 내 배를 가격했다.

"악……!"

차일 것을 알고 배에 힘을 줬지만, 그래도 충격이 내장까지 파고들었다.

배를 잡고 웅크릴…… 수도 없었다.

남자가 또 검을 내리쳐서 고통을 참으며 한 번 더 막았다.

"질기구만!"

아까보다 힘이 더 실렸다.

욱신거리는 배와 나쁜 자세 때문에 팔에 힘이 들어가지 않았다.

위험하다, 이대로 가면 죽는다!

한 번 흘려보내고 자세를 바로잡아야—.

"언니……!"

"—!"

검을 기울이려던 순간, 뒤에서 당장에라도 울어버릴 것 같은 목소리가 들렸다.

맞다, 남자의 검을 흘리면 이 아이가 위험해질 수도 있다.

공격을 흘릴 수는 없다. 하지만 가만히 있어도 죽는다……!

고민하던 그때— 등에 무언가 따뜻한 것이 닿았다.

작다, 무척이나.

뒤에는 있는 건 그 아이뿐이다.

"힘내, 언니……!"

손이었다.

여자애의 손이 내 등에 닿아 있었다.

그래, 지금 이 아이가 믿을 사람은 나밖에 없다.

내가 지면 이 아이도 죽는다.

반드시, 이겨야 한다.


그리고 이 녀석에게 이기기 위해서는— **진심으로** 검을 잡아야 한다.


남자의 검을, 흘린다.

그대로 압살할 생각이었는지, 남자는 허무하게 균형을 잃고 말았다.

덜컥 당황한 기색을 보였으나, 금방 비릿한 웃음이 돌아왔다.

남자의 검이 빗겨나간 곳 근처에 여자애가 있었으니까.

그렇게는 안 된다.

내 검이 남자의 몸 앞에 있었다. 그렇게 되도록 조절했다.

남자도 그 사실을 깨달았지만, 이미 늦었다.

─벤다.

왼쪽 옆구리부터 위로, 오른쪽 어깨까지 검을 베어 올렸다.

"제기랄…… 죽일 수 있었냐……"

그 말을 마지막으로 남자의 몸은 둘로 갈라졌다.

힘을 잃은 몸뚱이는 그대로 내 옆으로 쓰러졌다.

내가 벤 위쪽 부분이 몸과 완전히 떨어져 있었다.

남자는 눈을 뜬 채로 죽었다.

내가, 죽였다.


"허억, 허억……!"

배를 찌르는 고통을 참지 못하고 그 자리에서 몸을 웅크렸다.

살짝 고개를 들어 내 검을 봤다.

칼날은 피로 흥건했다.

이 남자를 죽이기 전에도 마물을 죽이느라 피는 많이 묻어 있었다.

하지만 조금 전까지 묻었던 마물의 피와 남자의 피는 뚜렷하게 구분이 됐다.

마물의 피보다 색이 조금 더 선명했다.

인간의 피다.

지금까지도 훈련에서 다른 사람이 흘린 피나 내가 흘린 피를 봤었다.

옆에 쓰러진 남자를 봤다.

그는 마족의 특징인 붉은 눈을 뜬 채로 죽었다.

눈은 빛을 인식하지 못하고 동공이 풀려버렸다.

남자의 몸에서도 어마어마한 피가 흘러나왔다.

그 피가 내 발치까지 흘러와 있었다.

칼에 묻은 피, 그리고 아래에 흐르는 피를 보고 내가 이자를 죽였다는 실감이 밀려왔다.

손이 떨렸다.

지금까지 한 번도 사람을 죽인 적이 없었고, 죽일 각오도 하지 못했던 내가, 사람을 죽였다.

"언니……?"

그때, 뒤에서 부르는 목소리와 등에 닿은 손바닥의 온기가 전해졌다.

돌아보자 여자애가 나를 불안하게 쳐다보고 있었다.

"괜찮아? 배 아파?"

내 얼굴을 들여다보며 걱정스럽게 말했다.

웅크린 나를 보고 배가 아프다고 생각하는 것 같다.

실제로도 그렇지만, 조금 전보다 통증이 가셔서 다른 이유로 넋을 놓고 있었다.

"어디 아파? 엄마 손은 약손 해줄까?"

한쪽 무릎을 꿇은 나와 키가 거의 같은 아이가 내 배에 손을 댔다.

무척 다정하고 따스한 손길이 아직 아픈 배를 문질렀다.

"엄마 손은 약손, 빨리빨리 나아라~."

나지막한 목소리로 귀여운 소리를 내며 배에서 손을 떼고 하늘로 아픔을 날려 보내는 시늉을 했다.

"어때? 안 아파?"

그러고는 배시시 웃었다.

이 아이는 지금의 상황을 얼마나 이해했을까.

어머니는 무너진 집에 깔려 죽었다.

그리고 이 아이를 지키던 선배 병사도 아마 폭발의 충격으로 날아든 파편에 꿰뚫려 죽었다.

다섯 살짜리 아이에게는 도저히 이해할 수 없는 상황인지도 모른다.

하지만 내게 보여주는 웃음은 이런 상황에서도, 아니, 이런 참상이니까 더욱 아름답고 빛나 보였다.

나는 이 아이를, 이 웃음을 지켰다.

하늘로 뻗은 아이의 손을 다정하게 잡았다.

마족 남성에게 힘으로 밀릴 뻔했을 때, 이 손이 내게 힘을 줬다.

지켜야 한다고 생각했다.

나는 사람을 죽였다.

그건 이미 돌이킬 수 없는 현실이며, 도망칠 수 없는 무거운 죄였다.

하지만…… 이 아이의 웃음을 지키지 위해서는 어쩔 수 없었다.

그렇게 생각하자 남자를 죽였다는 것에 후회는 전혀 없었다.

죽이지 않고는 지킬 수 없었으니까.

『나도 언젠가, 그럴 각오로 검을 휘두를 수 있을까……?』

『……진심으로 지키고 싶은 것이 생기면, 할 수 있어요.』

에릭과 나눈 대화를 떠올렸다.

진심으로 지키고 싶은 것이 있으면 진심으로 검을 다룰 수 있다.

에릭은 그렇게 답했었다.

하지만 그때는 알지 못했다.

언젠가 사람을 죽여야 할 때가 오더라도 내가 정말로 사람을 죽일 수 있을지 두려울 뿐이었다.

하지만 지금이라면 알 것 같다.

에릭도 전에 사람을 죽였다고 말했다.

그에게는 진심으로 지키고 싶은 것이 있었고, 그것을 지키기 위해 사람을 죽였겠지.

나도 지금 그 각오가 생겼다.

지금부터 나는 다시 전쟁터로 가야 한다.

그때, 다시 사람을 죽여야 할 일이 생길 것이다.

이 아이를 지키기 위해서.

그리고 이 나라에 사는 사람들을 지키기 위해서.

침공해 온 마족 녀석들을 죽여야만 한다.

이 아이가 그 사실을 알려줬다.

"언니…… 왜 그래?"

내가 손을 잡고 움직이지 않으니까 여자애가 이상하게 생각했는지 그렇게 물었다.

"아무것도 아니야. 고마워."

"응. 잘됐다, 안 아파서!"

배가 아프지 않아서 좋아한다고 생각한 걸까.

아이의 생각과는 좀 다르지만, 일단은 넘어가자.

"여기는 위험하니까 안전한 곳으로 갈까?"

지금 이곳에는 마물도 적군도 없지만, 언제 다시 공격해 올지 알 수 없었다.

여기서 멀지 않은 곳에 피난처가 하나 더 있을 것이다.

그곳으로 이 아이를 데리고 가야 한다. 더 이상 공격받지 않았기만 바랄 따름이다.

"언니, 같이 있어 줄 거야?"

아이가 나를 올려다보며 묻지만, 나는 고개를 가로저었다.

"아쉽지만 나는 바로 가야 해."

"그렇구나……."

"미안해."

여자애는 슬프게 고개를 숙였다.

하지만 곧 얼굴을 들었다.

"또 만날 수 있어?"

"그래. 다시 만날 수 있어. 꼭."

"손가락 걸고 약속해줘."

어린아이답게 앙증맞은 새끼손가락을 내게 내밀었다.

이 참상을 한순간 잊을 만큼 귀여운 제안에 그만 미소를 짓고 말았다.

새끼손가락을 내밀어 여자애의 손가락에 걸었다.

"새끼손가락 고리 걸고 꼭꼭 약속해."

여자애는 박자에 맞춰 손을 위아래로 흔들면서 노래했다.

"약속한 거다?"

"그래, 약속."

이제 죽지 못할 이유가 생겼군.

이 아이와 한 약속을 지키기 위해서라도 나는 싸워야만 한다.

나는 일어나서 여자애를 안아 들고 출발하려고 했다.

"좋아, 가 볼까— 앗……."

—옆구리에 날카로운 통증이 퍼졌다.

아래를 보자 오른쪽 옆구리에 칼날이 박혀 있었다.

"—윽!"

뒤를 돌아보려고 했지만, 할 수 없었다.

힘이 빠져서 몸이 고꾸라지고 말았다.

마치 내 몸이 아닌 것처럼 팔다리가 움직이지 않았다.

땅바닥에 쓰러지고 바로 정신이 멀어져 갔다.

안 돼, 안 된다……!

기절하면……!

정신을, 유지해야 해.

무겁게 감기는 눈을 떠 보려고 하지만, 할 수 없었다.

"방금 싸움은 잘 봤어. 너처럼 강한 사람이 있으면 마족이 불리하니까 이만 빠져줘. 나쁘게 생각하지는 마."

정신을 잃기 전에 그 목소리가 들렸다.

들리고, 말았다.

HE CHALLENGES THE FIGHT FATEFULLY:

He lost all his
important things. As he
respawn, he aims
for the invincibility to save
everything.

제 2 장 │ **왕궁 앞 전투**

"『히트 레이저』!"

<sub>화염 광선</sub>

손가락 끝에서 일직선으로 불이 발사됐다.

그 손가락을 눈앞의 마물 무리와 적군을 따라서 그었다.

손으로 가리킨 방향에 광선이 나가는 마법이다.

극한으로 응축한 화염 광선은 어마어마한 관통력으로 마물과 사람의 몸쯤은 간단하게 찢어 버린다.

손가락을 조금만 기울여도 그 앞에 있던 적들이 종잇장처럼 잘려 나갔다.

아군이 맞지 않게 조심해야 하며 건물에 닿으면 화재가 일어나므로 시가지에서는 더욱 주의를 필요로 하지만, 그만큼 위력은 굉장히 강력했다.

전에 안네 단장님에게 배운 기술이었다.

"티나 아울린, 잘했다! 뒤로 물러나!"

"네!"

마력을 모은 뒤 마법을 써서 연달아서 다른 마법을 쓸 여력은 없었다.

신속하게 물러나서 다음 마법은 선배들에게 맡겼다.

나는 즉시 마력을 다시 모았다.


지금 있는 곳은 왕궁의 뒷문.

마물과 적군이 집중적으로 몰려들어 우리는 그들이 왕궁에 들어가지 못하게 막고 있었다.

하지만 방금 일어난 폭발로 적이 단번에 이곳까지 치고 들어왔다.

왕궁으로 들어가는 문은 정문과 뒷문, 두 개.

정문이 크고 적이 침입하기 쉽다는 이유로 안네 단장님이 지키고 있었다.

이곳에는 단장님도, 부단장님도 없었다.

예레 단장님이 어디 있는지는 모르겠지만, 이런 상황이라면 틀림없이 단장만이 할 수 있는 일을 하고 있으리라.

나도 내가 할 수 있는 일을 해야 한다.

뒷문을 사수하지 못하면 베고니아 왕도가 함락된다.

적이 왕궁에 침입해 레오나르도 폐하를 살해하면 이 나라는 패배한 것이나 마찬가지다.

아직 이곳으로는 마물 한 마리, 병사 한 명 통과하지 못했다.

하지만 뒷문이 뚫리는 것은 시간문제일지도 모른다.

어느새 우리보다 적국의 병사와 마물의 수가 많아졌다.

아직 질에서는 앞서지만, 물량공세로 밀어붙이면 위험해진다.

이쪽에는 마법을 쓰는 병사가 많은데, 적은 근접전에 능한 사람이 많았다.

지금은 멀리서 마법을 쏴서 막고 있으나 점차 한두 명씩 마력이 고갈되며 마법을 쓰지 못하고 있다.

나는 아직 여유가 있었다. 그래도 마법을 쏘는 빈도가 떨어지며 적들과의 거리가 차차 줄어들었다.

근접전이 벌어지면 상대방이 유리해진다.

우리 쪽에도 검을 다룰 줄 아는 병사는 있지만, 적보다 수가 적었다.

마법 기사단이 아니라 기사단 원군을 부르지 않으면, 이대로 가다가는……!

"『선 버스트<ruby>』"

나는 후방에서 마력을 충분히 모아 마법을 썼다.

손끝에서 나온 작은 빛의 구슬이 적을 향해 날아갔다.

그리고 병사 세 명과 마물 몇 마리의 옆에 도착했을 때, 구슬이 폭발했다.

폭발에 휘말린 병사와 마물은 육편만 남았다.

나는 적국의 침공이 시작된 뒤 마법으로 마물, 그리고 사람을 죽였다. 처음으로 사람을 죽였지만, 살인을 했다는 실감은 그다지 들지 않았다.

전투 도중이고, 마법으로 죽였기 때문일지도 모른다.

그래도 후회 따위 생기지 않았다.

오히려 사람을 죽일 수 있어서 다행이라고, 살짝 안도감마저 느꼈다.

왜냐하면, 에릭에게 조금이라도 다가갔으니까.

에릭은 우리 마을을 습격한 마족를 죽였다.

우리 마을을 지키기 위해서 손에 피를 묻혔다.

사람을 지키기 위해서, 사람을 죽인다.

에릭이 그랬으니까 나도 빨리 경험하고 싶었다.

이 감각이 그때 에릭이 느꼈을, 사람을 죽이는 감각.

아직 실감은 나지 않지만, 앞으로 어떻게 될까?

전에 선배 병사에게 처음으로 사람을 죽인 병사가 마음의 병을 앓다가 은퇴했다는 이야기를 들었다.

나도 그렇게 될까 무서웠다.

하지만 이번 전투에서 처음으로 사람을 죽이고 그럴 걱정은 필요 없었다는 것을 알았다.

나는 내 소중한 것을 지키기 위해서라면 사람을 죽일 수 있다.

에릭처럼 할 수 있다는 것이 조금 기뻤다.


조금 전부터 적 병사와 마물 대군이 거리를 좁히고 있었다.

우리도 백병전이 가능한 병사들이 대응하고 있지만, 머릿수가 너무 부족했다.

정말로 위험해. 이러다가는 결국……!

"다음 마법 발사!"

"죄, 죄송합니다! 마력이……!"

내가 마법을 쏘고 뒤로 물러난 뒤, 후속 공격을 맡은 사람들의 마력이 벌써 고갈됐다.

"큭! 마력이 있는 사람부터 쏴라!"

지휘하는 병사가 재촉해도 다음 마법은 거의 날아가지 않았다.

대부분의 마력이 바닥났다는 증거였다.

나는 아직 마력을 모으면 마법을 쓸 수 있지만, 마법을 쓴 직후라서 다시 마법을 쓸 수 있을 때까지는 시간이 필요했다.

그러는 사이— 힘의 균형이 무너졌다.

"타앗!"

"컥……!"

지휘하던 병사는 앞쪽에 서서 뒤를 보고 있었다.

그 허점을 찔러 뒤통수를 얻어맞았다.

"전부 따라와! 이대로 왕궁을 공격한다!"

"와아아아아아아아!"

지휘하던 병사를 쓰러뜨린 마족 남성이 소리치자 뒤따르던 마족들이 함성을 지르며 달려왔다.

"큭……! 『아이스 월<sup>빙벽</sup>』!"

나는 모았던 마력을 해방해 마법을 사용했다.

적군과 아군 사이에 거대한 얼음벽이 솟구쳤다.

적을 죽이기 위한 마법이 아닌 적의 진격을 막는 마법이었다.

"고, 고마워요, 티나 씨!"

"이 틈에 재정비해!"

다른 병사가 그렇게 말했지만, 여기에는 이미 마법을 쓸 수 있는 병사가 거의 남지 않았다.

백병전이 가능한 병사도 적군보다 적었다.

지금은 얼음벽으로 막고 있지만, 금방 돌파당할 것이다.

"지원군은 아직 멀었어?!"

"더는 안 돼…… 우린 다 죽었어."

옆에 있는 여성 병사가 떨리는 몸을 끌어안으며 쪼그려 앉았다.

이대로 가면 저지선이 뚫리고 적이 왕궁에 침입한다……!

게다가 근접전은 나도 그다지 자신이 없다.

이 벽이 돌파당하면 나도……!

아직은 절대로 못 죽어!

에릭을 마지막으로 본 지 3일이나 지났다.

태어나서 처음으로 이렇게 오래 에릭과 떨어져 있었다.

에릭을 만날 때까지는, 죽지 않을거야!

나는 다시 한번 마력을 끌어모았다. 그리고 마법을 쓰려던 그때…….

"티나, 잘 버텼어."

뒤에서 익숙한 목소리가 들리고, 어깨에 따뜻한 온기가 닿았다.

그게 손이라고 깨닫고, 누구의 목소리인지도 바로 알았다.

나는 뒤를 돌아보며 기쁨을 주체하지 못하고 그의 이름을 외쳤다.

"—에릭!"

"그래, 오래 기다렸지? 이제 나한테 맡겨."

◇ ◇ ◇

눈앞이 새하얗게 물들고 한순간 몸이 붕 뜨는 느낌을 받았다.

발이 땅에 닿고 빛이 사라지자 그곳은 조금 전까지 있던 마족 마을이 아니라 어떤 건물 안이었다.

주변을 돌아봤다.

오른쪽 옆에는 나와 함께 마도구를 써서 전이한 비비아나 씨가 있었다.

이곳은 어느 건물의 안.

공간은 제법 넓고 아름다운 소파와 책상이 놓여 있었다.

"우와, 진짜 돌아왔네?"

"비비아나 씨, 여긴 어디죠?"

"어느 방인지는 몰라도 아마 왕궁일 거야."

역시나.

나도 이 방에 온 적은 없지만, 왕궁 특유의 호화로운 분위기는 느낄 수 있었다.

방을 돌아보다가 큰 창문을 발견해서 서둘러 다가가 창을 열었다.

이곳은 왕궁에서도 위층에 있는 방이었다. 창으로 왕도가 널리 내다보였다.

그곳에서 본 왕도는 이미 전쟁터가 되었다.

곳곳에서 불길이 올라왔고, 건물이 무너졌다.

그리고 창을 열기 전까지는 들리지 않던 함성이나 비명이 들렸다.

"이거, 상황이 심각하네. 패색이 짙어."

뒤에서 창밖을 본 비비아나 씨가 말했다.

목소리는 평소처럼 늘어지지 않고 살짝 긴장되어 있었다.

이곳에서 확인한 전장의 상황은 적의 침공이 꽤 깊숙한 곳까지 진행됐다.

하지만 아직 패하지 않았다.

아직 싸움은 끝나지 않았다.

당장 도우러 가야 한다!

그러려면 어디로 가야 할지 빠르게 판단할 필요가 있었다.

마족 병사와 우리 병사는 복장으로 구분할 수 있었다.

그것으로 보아 지금 전선은 왕궁의 코앞이었다.

많은 병사가 피를 흘리며 싸우고 있었다.

여기는, 뒷문 쪽인가.

뒷문에 이 정도 병사가 몰렸다면 정문의 전투는 더 치열할 것으로 예상됐다.

"비비아나 씨, 정문을 지켜주실 수 있나요?"

"물론이지. 내가 그쪽으로 갈게~."

나와 비비아나 씨의 힘을 비교하면, 일 대 일 싸움에서는 내가 이길 것이다.

하지만 다수와 함께 싸울 경우는 비비아나 씨가 더 활약하리라.

그녀의 마법에는 한 발에 수십 명, 수백 명을 쓸어버릴 위력이 있으니까.

나도 그만한 수의 적과 싸울 수는 있지만, 수십 분에 걸쳐 백 명을 한 명씩 검으로 해치우는 사람과 마법으로 백 명을 한 방에 해치우는 사람이 있다면 후자가 압도적 강하다고 볼 수 있었다.

그래서 적군이 더 많을 것으로 예상되는 정문으로 비비아나 씨를 보내기로 했다.

여성에게 더 힘든 일을 맡기자니 마음이 불편하지만 적재적소였다.

"부탁드릴게요. 그리고 왕궁 안에 이미 적이 있을 가능성이 있으니까 조심하세요."

"나두 알아~."

"레오 폐하는…… 쉽게 당할 분이 아니지만, 혹시 공격받았다면 그쪽을 우선해 주세요."

이 나라의 왕, 레오 폐하가 죽으면 이 나라는 완전히 패배한다.

상대의 목적은 왕도 함락과 레오 폐하의 머리다.

"그럴 필요는 없을걸~?"

"네? 왜요?"

"레오 씨는 자기보다 백성을 지키라는 말을 입에 달고 살아. 그러니까 레오 씨는 안 지켜도 돼."

"아니, 지키기는 지켜야죠."

그나저나, 그런 말씀을 하셨나.

그분이라면 할 법한 말이다.

그럼 왕궁 안을 지날 필요는 없겠군.

"그럼 비비아나 씨는 바로 정문으로 가세요. 저는 뒷문으로 가겠습니다."

"알았어~ 그럼 같이 힘내자, 에릭."

"물론이죠."


나는 이미 분노를 주체할 수 없었다.

적이 이 나라를 습격하고 왕도에 막대한 피해를 준 것도 화가 나는 이유였다.

하지만 가장 짜증 나는 것은 이레네와 대화할 기회를 빼앗긴 점이었다.

내가 16년 동안 단 하루도 잊지 않고, 수없이 만나고 싶다고 염원했던 이레네와 마침내 만났다.

그런데 너희가 튀어나와서 갑자기 돌아와야만 했단 말이다.

나를 돌려보낸 크리스토의 판단은 잘못되지 않았다.

하지만 원망스러운 마음이 드는 건 왜일까.

꿈에도 그리던 이레네와 드디어 만났는데 왜 나를 보내냐고, 감정적인 생각이 스친 것도 사실이었다.

그런 생각은 하고 싶지 않은데.

머리로는 이해해도 마음이 그러지 못했다.

친구인 크리스토에게 그런 애꿎은 원망은 하고 싶지 않았다.

그래도 그 녀석이 돌아오면 한마디 해줘야지.

쓴웃음을 지으며, 왜 나를 돌려보냈냐고.

어차피 내가 이레네를 좋아하는 건 들켰으니까 그 정도 푸념은 들어줄 것이다.

그리고 웃으면서 그런 소리를 하려면 우선 이 나라를 지켜야만 한다.

애초에 너희가 오지 않았다면 크리스토에게 투덜댈 필요도 없고 이레네와도 대화를 나눌 수 있었다.

요컨대, 전부 쳐들어온 너희 잘못이다.

내가 이런 생각을 하는 것도 인간이니까 어쩔 수 없다.

그러니까 절대로 용서하지 않겠다.

나는 창틀을 밟고 올라섰다.

창문이 커서 서있어도 머리는 닿지 않았다.

비비아나 씨도 내 옆에 섰다.

"그럼 갈까요."

"응, 갈까?"

그리고 우리는 함께 밖으로 뛰어내렸다.


나는 왕궁 외벽에 돌출된 지붕이나 난간을 밟으며 지상으로 내려갔다.

불경죄가 될 수 있는 행위지만, 지금은 긴급 상황이니까 괜찮겠지.

처음엔 내 옆으로 뛰어내렸던 비비아나 씨도 지금은 사라지고 없었다.

아마 부유 마법으로 정문으로 갔으리라.

그리고 나는 지상으로 내려와 뒷문으로 달렸다.

가는 도중, 전장에 얼음벽이 생기는 광경을 확인했다.

저 마법을 쓸 수 있는 사람은 이 나라 병사 중에는 안네 단장님과 비비아나 씨, 그리고 티나 정도밖에 없다.

그리고 안네 단장님은 최종 방어선에 있을 가능성이 크다.

—그렇다면 저기에 티나가 있나? 티나가 아직 싸우고 있다. 티나가, 아직 살아있어.

나는 곧 전장에 도착했다.

아군 병사는 수가 많지만, 대부분은 마력을 소진해서 움직이지 못하는 상황이었다.

사람들의 얼굴에는 절망이 번져 있었다.

티나는 그 사이에서도 얼음벽을 노려보며 여전히 투지를 불태우고 있었다.

그것을 보고 왠지 기쁘면서도 마음이 놓여 살며시 미소를 짓고 말았다.

티나와 만나고 여태껏 하루도 떨어져 지낸 적이 없었다.

이만큼 오래 떨어져 지낸 게 처음이라서 걱정했는데 무사해서 다행이다.

그리고 이런 상황에서도 포기하지 않고 싸우려는 굳센 모습이 티나의 강인함을 보여주는 것 같아서 괜히 기뻤다.

다행이다, 티나가 살아있어서.

나는 또 잃을 뻔했다.

"티나, 잘 버텼어."

뒤에서 말을 걸고 어깨를 잡았다.

"—에릭!"

기뻐하며 나를 돌아본 티나가 안심하도록.

그리고 나 자신에게 맹세하는 것처럼.


"그래, 오래 기다렸지? 이제 나한테 맡겨."


눈앞에 선 두껍고 거대한 얼음벽이 적 병사의 침입을 막고 있었다.

검으로 벽을 부수려는 요량인지, 반대쪽에서 쇳소리가 들렸다.

하지만 얼음벽은 꿈쩍도 하지 않았다.

티나의 마법은 마법 기사단에 들어간 지 한 달 만에 극적으로 강해졌다.

적도 이 벽을 부수기는 결코 쉽지 않을 것이다.

"옆이 비었다! 거기로 돌아가!"

벽 너머에서 누가 외치는 소리가 들렸다.

얼음벽이 크다고 하도 왕궁으로 이어진 넓은 길을 완전히 막지는 못했다.

기껏해야 길의 70퍼센트 정도를 막은 상태.

중앙을 막느라 양 측면은 비어 있었다.

그 점을 이용한다.

"티나! 내가 빈 곳으로 치고 나갈게! 너는 반대쪽을 얼음벽으로 막아줘!"

"응! 알았어!"

티나의 대답을 듣자마자 내달렸다.

할 수 있겠냐고 굳이 확인할 필요는 없다.

티나라면 틀림없이 해낼 테니까.


내가 얼음벽의 측면에 도착하기 전에 두 사람, 그리고 늑대 마물 한 마리가 먼저 그곳으로 넘어왔다.

"죽엇!"

선두에 있는 병사가 달려오는 나를 발견하고 바로 공격해왔다.

나는 달리는 발을 멈추지 않았다.

몸을 옆으로 틀어 종이 한 장 차이로 피하면서 그자의 옆을 통과했다.

그리고 지나칠 때 검으로 목을 쳤다.

눈앞에서 아군의 머리가 날아가서 놀라는 자가 보였다.

그 틈을 놓치지 않고 이번에는 몸통을 갈랐다.

"크아아아!"

병사는 몸에서 선혈을 뿜으며 쓰러졌다.

죽지는 않겠지만 치명상이었다.

그 피를 얼굴에 뒤집어쓴 늑대는 앞을 보지 못했다.

눈을 질끈 감고 낑낑대는 녀석의 목을 방금처럼 날려버렸다.

빨리 얼음벽을 넘어가야 한다.

계속해서 달리지만, 도착하기 전에 또 적 병사가 내게 달려들었다.

하지만 적의 공격은 내게 닿지 않았다.

이 한 달 사이에, 기사단에 들어오고 성장한 사람은 티나만이 아니었다.

나도 기사단에서 훈련하며 강해졌다.

특히 마을에 있을 때는 연습하지 못했던 집단전투.

전생에서는 전쟁터가 아니면 경험하지 못했지만, 이번 생은 달랐다.

집단전은 전생보다 능숙해졌다고 확신했다.

그리고 나는 방어선을 넘어온 녀석들을 베어 넘기며 얼음벽 반대편에 도착했다.

건너편에는 이미 백 명에 이르는 마족 병사와 마물이 있었다.

"야, 뭐해?! 적은 한 명이잖아! 둘러싸서 죽여!"

멀리서 누가 외치는 소리가 들렸다.

그렇다. 나는 한 명이다.

적의 수는 수천은 된다.

하지만 그게 어쨌단 말인가?

애초에 아군이 많고 적은 한 명이니까 압도적으로 유리하다는 사고방식이 잘못됐다.

나를 둘러싸는 수에는 한계가 있었다.

많아야 열 명 정도일까?

그리고 그 열 명이 동시에 나를 공격할 수도 없었다.

누군가 공격하면 다른 자들은 함부로 끼어들지 못했다.

왜냐하면 아군의 공격에 맞을지도 모르기 때문이었다.

다수가 한 명을 공격할 때는 상당한 훈련을 받지 않으면 연계하기 힘들다.

그러니까 아무리 수가 많아도 냉정하게 한 명씩 상대하면 어떻게든 이길 수 있다.

더군다나 상대편에는 말이 통하지 않는 마물까지 있다.

원래는 아군이 되어줄 마물이 이런 상황에서는 아무 생각 없이 나에게 달려들어 방해가 되기도 한다.


내가 홀로 적 진영의 한복판에 서자 마법이 날아들었다.

사람 머리만 한 바위가 내 쪽으로 날아온다.

이런 상황이라면 마법이라는 원거리 공격도 유효하겠지.

하지만 그건 좋지 않은 판단이다.

나는 마법에 맞지 않게 피하고, 피할 수 없는 건 검으로 튕겨냈다.

그러면 어떻게 되는가?

마법은 나를 맞추지 못하고 같은 편 병사를 덮쳤다.

"크하아악?!"

"야! 마법 쓰지 마!"

날아오는 마법을 피하면 고스란히 다른 마족 병사를 향한 공격이 된다.

땅에서 솟아오르는 형태의 마법은 다르겠지만, 그 외의 다른 마법은 아군이 밀집한 상황에서 쓸 수 있을 리 없었다.

그래서 쓰지 않으리라고 생각했는데 진짜 쓰는 사람이 있을 줄은 몰랐다.

오히려 놀라서 당황하고 말았다.

"어떻게 이만큼 모이고도 한 명을 못 죽여?!"

"설마 이 녀석, 『천인참』인가?!"

내 주변으로 사람과 마물의 시체가 쌓이던 중, 누군가가 떨리는 목소리로 외쳤다.

『천인참』?

그건 또 뭐야? 처음 듣는 말인데.

"그 녀석은 지금 여기 없다면서?!"

"그런 정보가 있었어! 그러니까 다른 놈이야!"

"그리고 『천인참』은 외팔이라고 했어! 저 녀석은 두 팔 모두 멀쩡히 달려있잖아!"

외팔, 천인참…….

리베르트 씨 얘기인가?

어쩌다 그런 별명이 붙었지?

옛날에 무슨 짓을 저질렀나?

그런 생각을 하던 중 멀리서 커다란 소리가 울렸다.

싸우면서 힐끗 확인하자 얼음벽 반대편 끝에 또 얼음벽이 생겼다.

티나가 해냈다.

역시 티나다. 이 짧은 시간에 저렇게 큰 마법을 두 번이나 발동하다니.

이제 적이 왕궁으로 침입하려면 내가 있는 곳을 통과할 수밖에 없다.

하지만 지나가게 두지 않을 것이다.

여기에 집중적으로 시체를 쌓아 올린 이유는 적의 진로를 방해하기 위해서였다.

그리고 얼음벽 너머에는 나 말고도 이 나라의 병사가 있다.

방금은 거리에 많은 적이 한 번에 몰려들어서 대처하기 힘들었지만, 지금은 다섯 명이 아슬아슬하게 지날 공간밖에 남지 않았다.

나를 무시하고 지나가도 길목을 사수하는 우리 쪽 병사를 상대하기는 어려우리라.

이로써 상황 역전이다.

내가 있는 한, 왕궁 뒷문으로는 개미 한 마리도 지나가지 못한다.

"굉장해……."

"뭐가 저렇게 강해……?"

내 옆에서 눈앞의 광경을 본 사람들이 아연실색해서 중얼거리는 소리가 들렸다.

아까 에릭에게 들은 대로 빈 공간 한쪽을 다시 얼음벽으로 막았다.

그쪽으로도 병사와 마물이 들어왔지만, 우리 편 병사가 총동원되어 어찌어찌 해결했다.

이제 에릭이 간 길 말고는 적이 이곳으로 침입할 경로는 없다.

그래서 저쪽에 적이 몰릴 테니까 격전이 펼쳐지리라고 예상했다.

하지만, 아니었다.

비어있는 길로 들어오는 병사는 얼마 되지 않았다.

많아도 한 번에 다섯 명 정도.

아무리 마법을 쏠 인원이 줄었어도 우리 편이 더 많아서 무난하게 대처할 수 있는 수준이었다.

왜 이렇게 적이 조금씩 몰려오는가?

아군 병사들은 그 사실에 의문을 품었다.

하지만 나는 알고 있었다.

왜 이렇게도 일이 쉽게 풀리는지.


잠시 시간이 지나고 빈 길을 빠져나오는 적의 수가 줄어들면서 우리는 공세로 전환하여 직접 적을 요격하러 얼음벽을 넘어갔다.

거기서 아군 병사는 왜 싸움이 이토록 수월했는지 알았다.

나와 다른 병사가 본 것은 빈 길을 막는 산더미 같은 시체.

그리고 그 앞에는 적을 유린하는 에릭이 있다.

100명이 넘는 적의 한가운데서 에릭은 홀로 검을 휘두르며 적을 물리치고 있었다.

"뭐야, 저 사람? 복장을 보면 우리 병사인 건 알겠지만……!"

"리베르트 부단장님은 아니지?"

기사단에 입단한 지 한 달 차인 에릭의 얼굴을 아는 사람은 별로 없었다.

그래서 이런 실력자는 기사단 부단장인 리베르트 씨 말고 없다고 생각하는 사람이 많았다.

그래도 리베르트 부단장님은 왼팔이 없다.

지금 이곳에 있는 사람은 멀리서도 양팔이 있다는 사실을 알 수 있었다.

"그럼 저건 누구야?!"

지금 이런 생각을 하는 것은 부끄럽지만, 나는 왠지 기뻤다.

우리 에릭이 다른 사람도 경악할 만큼 높이 평가받는다.

지금까지는 마을에서 가장 강하다는 평가가 전부였다.

그래도 내 마음속에서는 에릭이 세상에서 제일 강하고 제일 멋있는 사람이었지만, 다른 사람에게도 인정받는 것은 무척 기뻤다.

내 가족, 에릭은 멋있지?

에릭은 강하지?

옆을 보니 아군들은 넋을 놓고 에릭을 보고 있었다.

앗, 저 사람, 에릭을 보는 눈빛이 수상해. 얼굴도 왠지 빨갛고.

인정해 주는 건 기쁘지만, 반하면 안 되지.

저 사람은 주시해야겠어. 너, 얼굴 기억했다.


"뭘 보고만 있어! 저 사람을 엄호해!"

지휘관이 정신을 차리고 겨우 지시를 내렸다.

우리 편 병사들은 그 지시에 따라 에릭을 보조해 적을 공격하기 시작했다.

"얼음벽을 등지고 싸워라!"

내가 만든 얼음벽은 적의 공격으로 조금 망가졌지만, 아직 꿋꿋하게 버티고 있었다.

벽을 등지면 뒤에서 공격당할 걱정은 없다.

그리고 이 얼음벽을 사수하면 적도 왕궁으로 진격하지 못한다.

나를 비롯한 마법 사용자들이 얼음벽을 등지고 마법을 발사했다.

아군과 적이 뒤섞여서 아까처럼 공격 범위가 넓은 마법은 쏠 수 없었다.

적 병사와 마물을 정확하게 노려서 마법으로 죽인다.

나도 꽤 많은 적을 해치웠지만, 에릭에게는 미치지 못했다.

빈 길을 메울 정도로 시체를 쌓고, 헤아릴 수 없을 만큼 적을 죽였다.

그것도 적이 수백 명 넘게 모인 곳으로 홀로 뛰어들어서.

나는 마법 기사단에 들어오고 한 달 동안 꽤 강해졌다고 생각한다.

안네 단장님과 비비아나 씨에게 지도를 받아 마을에 있을 때보다 심도있게 마법을 배웠다.

이 얼음벽도 한 달 전이라면 쓰지 못했을 것이다.

그럼에도 아직 멀었다고 깨달았다.

혼자 적을 해치우는 에릭의 뒷모습이 멀게만 느껴졌다.

내가 목표로 하는 곳은 바로 저곳, 에릭의 옆자리다.

마법을 주로 쓰는 사람은 이런 난전에서 에릭의 옆을 지키기 어려울지도 모른다.

그래도 반드시 에릭의 옆에 설 것이다.

내 목표는 마법 기사단에 들어오기 전이나 후나 변하지 않았다.

이 싸움, 에릭이 와주지 않았다면 위험했다.

에릭이 있었기 때문에 얼음벽의 이점을 최대한 살릴 수 있었다.

더 강해져야만 한다.

에릭과 어깨를 나란히 하고 싶으니까.

저 등을 지키고 싶으니까.

아아, 역시 검술도 배울 걸 그랬다.

그랬으면 지금이라도 에릭 옆에 갈 수 있었을 텐데.

내게 검을 알려주려던 디안 아저씨를 말린 엄마와 셀레나 아줌마가 원망스럽다.

하지만 내게는 에릭에게도 없는 재능, 마법이 있다.

그것만이, 나를 에릭의 옆에 설 수 있게 만들어주는 무기니까.

"『윈드 소드<sup>인풍</sup>』!"

마법을 발동했다.

내가 열 살 때 에릭과 함께 연습했던 마법.

바람 칼날이 적의 몸을 찢고 뒤에 있던 마물까지 갈랐다.

이 마법도 강해졌다.

하지만 더 강해져야 한다. 더 노력해서 강해지자.

나는 마법을 쏘면서 뒤로 물러났다.

그리고 내 뒤에서 준비하던 사람이 마법을 발사했다.

에릭이 오기 전과 똑같이 좋은 흐름을 탔다.

이대로만 가면 뒷문은 사수할 수 있다!

그렇게 생각한 순간―.


―뒤쪽에서 발생한 거대한 폭음과 함께 강렬한 충격이 나를 덮쳤다.


◇　◇　◇


"마법 준비! 발사!"

나― 안네 벤딕스는 지팡이를 든 병사들에게 큰 소리로 명령했다.

호령에 맞춰서 여러 마법이 적에게 쇄도했다.

아군에게 맞지 않도록 계산된 마법이 적을 찢고 폭발시켰다.

하지만 마법의 수가 부족했다.

"『선 스피어』!"

나도 마법을 구사했다.

머리 위에 생긴 빛의 창 세 자루가 적에게 날아간다.

적의 몸을 꿰뚫은 빛의 창을 조종해 가까이 있는 녀석들의 목을 쳤다.

마법 기사단이라면 똑같이 마법 창 세 자루를 날릴 수 있을지는 몰라도 날린 뒤에 조종까지 할 수 있는 자는 없었다.

이 기술은 비비아나조차 따라 하지 못했다.

아니, 「어려우니까 안 할래~」라고 했으니까 마음만 먹으면 가능

할지도 모르지.

어쨌든 이것이 나의 무기다.

마법을 제어해 지배하는 능력.

섬세한 마력 조종과 극한의 집중력을 요구하지만, 나는 이 능력으로 마법 기사단 단장까지 올라왔다.

마력 제어 능력이라면 누구에게도 지지 않을 자신이 있었다.

비비아나에게도.

그녀, 티나 아울린에게도.

하지만 이대로 가다간 정문이 돌파당한다.

눈앞에는 적 병사 수천 명과 마물도 수천 마리나 있었다.

우리도 수적으로는 밀리지 않았다.

그렇지만 방금…… 정문 앞에서 대폭발이 있었다.

갑작스러운 일이었다.

아무런 전조도 없이 전장 한복판에서 거대한 폭발이 발생한 것이다.

불행하게도 폭발의 피해는 우리 편이 더 커서 단번에 전황이 기울어 버렸다.

우리 마법 기사단은 후방에 진을 치고 전방에서 싸우는 기사단에게 엄호 사격을 해주고 있었다.

그런데 기사단과 마법 기사단의 거리가 시시각각 가까워졌다.

아직 정문은 돌파당하지 않았지만, 시간문제였다.

그래도 베고니아 왕국의 마법 기사단 단장으로서 포기할 수는 없었다.

설령 다른 모두가 포기하고 쓰러지더라도.

나만은 포기하지 않고 적을 모조리 처단해야 한다.

그것이, 마법 기사단 단장의 책무니까.

"제가 좀 늦었죠~?"

갑자기 근처에서 목소리가 들렸다.

위에서 들려온 목소리에 입꼬리가 저절로 올라갔다.

"그래, 비비아나. 지각이야."

"이것도 서두른 거예요~."

비비아나는 하늘에서 내려와 사뿐히 착지했다.

산책이라도 나왔나 의심스러울 만큼 가벼운 마음으로 온 것 같았다.

"네 힘이 필요해."

"네~ 바로 시작할게요~."

비비아나가 적을 향해 오른쪽 손바닥을 내밀었다.

분위기가 일변하며 마력이 단숨에 팽창했다.

"기사단! 물러나세요!"

나는 마법으로 목소리를 키워 명령했다.

목숨을 걸고 싸우는 도중에도 귀에 들어온 목소리에 반응하여 아군 병사들은 뒤로 빠지거나 좌우로 대피했다.

우리는 알고 있었다.

비비아나가 쓰는 마법의 위력을.

그리고—.

"갑니다~ 『헤븐스 레이<sup>광열선</sup>』."

맥 빠지는 소리로 시전한 마법.

아군이 없는 공간을 노리고 쏜 광선.

선두에 선 적 여섯 명, 마물 세 마리가 거대한 빛줄기 속으로 사라졌다.

그리고 광선은 일직선으로 막힘없이 뻗어나갔다.

"크아—."

광선에 삼켜진 적의 목소리가 한순간 들리는가 싶더니 이내 끊겼다.

그 빛줄기에 들어간 순간 끝—.

빛이 사라진 뒤, 빛줄기가 있었던 자리에는 아무것도 남아 있지 않았다.

적 병사와 마물이 족히 수백은 그곳에 있었는데…….

"으아아악! 내 팔이이이?!"

적 한 명이 울부짖는 소리가 들렸다.

소리가 난 방향을 보자 그자의 왼팔이 사라져 있었다.

그자가 있는 위치로 보아 왼팔만 빛줄기의 영역에 들어갔나 보다.


—소멸한 것이다.

너무나도 강력한 힘.

너무나도 무자비한 힘.

그 공격은 작은 흔적조차 남기지 않았다.

순식간에 모든 것이 사라졌다.

"말려든 사람, 아무도 없지~?"

그런 공격을 한 장본인은 느긋한 목소리로 아군이 말려들지 않 았는지 걱정하고 있다.

"휴우, 위험했다. 하마터면 아군이 맞을 뻔했네."

"그래서 마법을 중간에 끊었구나."

방금 사용한 마법은 적의 가장 후열까지 닿지 않았다.

비비아나의 마력이라면 닿고도 남을 거리인데도.

아마 도중에 아군에게 맞을 뻔해서 멈춘 모양이다.

"지금 마법으로 200명은 보냈나?"

"그래. 아마 그쯤 될 거야."

그러면서 비비아나는 다음 마법을 위해 마력을 모았다.

그 속도와 양은 지금 막 마법을 썼다고는 믿어지지 않는 수준이 었다.

역시 강하다.

나보다도 확연히.

내가 한 마법으로 처리하는 인원은 고작 십수 명.

하지만 비비아나는 한 마법으로 수백 명을 죽인다.

나에게 이만한 힘이 있었더라면…….

몇 번을 그렇게 생각했는지 모른다.

하지만 할 수 없는 것을 한탄해봤자 부질없는 짓.

나는 나만이 할 수 있는 일에 집중하면 그만이다.

"지금 공격은 뭐야?!"

"설마 『악마의 마녀』가 왔나?!"

"그 녀석은 지금 없다며?!"

적들의 당황한 목소리가 들렸다.

"마녀가 뭐야~ 기왕이면 귀엽게 지어주지."

비비아나는 불만스럽게 말하며 인상을 썼다.

그 별명은 나도 알고 있었지만, 역시나 촌스럽다.

마녀는 원래 『악마 같은 여자』라는 의미도 있으니까 『악마의 마녀』는 동어 반복 같아서 더 촌스럽다.

다만, 지금 적이 한 말…….

역시 내 짐작이 맞았는지도 모른다.

그런 생각을 하는데— 또 커다란 폭음이 울렸다.

폭음은 내 뒤에서 들렸고, 그와 동시에 땅이 흔들렸다.

역시 이 폭발도 누가 의도적으로 벌인 짓……!

지금 이 왕궁까지 적이 밀려든 이유는 중심가 방어선이 뚫렸기 때문이었다.

그리고 방어선이 무너진 가장 큰 원인은 지금 일어난 이유 모를 거대한 폭발.

폭발은 방향이나 공기의 흐름으로 예상컨대…….

나는 뒤를 돌아봤다.

뒤에는 왕궁이 있어서 방금 폭발이 있었던 곳은 보이지 않았다.

"뒷문에서, 폭발이 일어났어⋯⋯!"

◇　◇　◇

무슨 일이 일어난 거지?

조금 전만 해도 전황은 베고니아가 우세였고, 적은 후퇴하기 일보 직전이었는데.

지금 폭발은, 뭐야?

전선에서 적을 해치우고 있는데 뒤에서 큰 폭발이 일어났다.

예기치 않은 폭발과 폭풍에 경악하면서 뒤를 돌아봤고, 내 눈에 들어온 광경은— 얼음벽이 무너지는 모습이었다.

티나의 마법으로 만든 얼음벽.

그 벽 덕분에 나는 안심하고 혼자서 싸울 수 있었고, 우리 편이 유리해졌다.

왜 저런 폭발이 발생했고, 얼음벽이 무너졌지?

아니, 잠깐만.

조금 전까지 저곳에는 얼음벽을 등지고 마법을 쏘는 병사들이 있지 않았나?

그중에는 티나도—.

"지, 지금이 기회다! 왕궁으로 돌격해!"

적 병사 중 누군가가 외치는 소리가 들렸다.

적들은 그 목소리와 함께 함성을 내지르며 왕궁으로 뛰어가기 시작했다.

나를 무시하고 왕궁으로 가려는 적을 베며 얼음벽이 있던 곳까지 이동했다.

마법을 쓰는 사람은 거의 남지 않았다.

나와 같은 옷을 입은 병사가 얼음 파편과 함께 땅바닥에 널브러져 있었다.

그 모습을 보고 불길한 예감이 머리를 스쳤다.

티나, 티나는……! 티나는 어디 있어……?!

쓰러진 병사들의 얼굴을 확인했다.

기절한 사람이 있는가 하면 얼음 파편이 목이나 급소를 찔러 즉사한 사람도 있었다.

어디 있어, 티나……!

"티나! 티나!!"

소리치면서 눈앞에 있는 적을 벤다.

지금까지는 정확하게 상대의 급소를 노려서 확실하게 죽였지만, 지금은 조바심이 몸을 지배해 그럴 여유가 없었다.

"저리 꺼져!"

기교 따위 부리지 않고 감정대로 검을 휘둘러 적을 처치했다.

그러면서 주위를 돌아봤다.

찾았다!

내 쪽에서 얼굴은 보이지 않지만, 뒷모습만 봐도 알 수 있었다.

티나는 다른 병사들과 마찬가지로 쓰러져 있었다.

"티나! 전부 비켜!"

나는 눈앞에 있는 적을 베며 티나에게 달려갔다.

그리고 티나의 곁에 도착하자마자 티나의 상반신을 안아서 일으켰다.

"티나! 괜찮아?!"

티나는 눈을 감고 있었다.

머리에서 피가 흐르지만, 많은 양은 아니었다.

티나의 입에 손을 대 봤다. 숨은 쉰다.

그냥 기절한 모양이었다.

다행이다, 살아있어……!


나는 티나의 생존에 안심하고 겨우 냉정함을 되찾았다.

뒤에서 달려든 적의 공격을 돌아보지 않고 검으로 받아넘겼다.

"아닛?!"

돌아선 상태로 대처할 줄은 몰랐는지 적이 놀라서 소리쳤다.

나는 몸을 돌리면서 그의 목을 벴다.

적은 비명도 지르지 못한 채 쓰러졌다.

지금은 여기서 적을 상대하고 있을 때가 아니다.

티나를 안전한 곳으로 옮겨야 한다.

티나의 팔을 목에 두르고 일어섰다.

그리고 기척을 없앴다.

티나를 부축한 상태로 완벽하게 기척을 죽일 수는 없겠지만, 안 하는 것보다는 나을 것이다.

아군과 적군이 싸우는 곳을 가로질러 길가로 갔다.

몇 명이 나를 발견하고 달려들었지만, 검으로 받아내고 상대방의 다리를 벴다.

죽이기에는 자세가 안 좋아도 다리를 베면 공격해 오지 못할 것이다.

그리고 길가에 도착해서 아직 무사한 집으로 들어가 티나를 눕혔다.

여기 있으면 이 집이 무너지지 않는 한 괜찮다.

하지만 안심할 수는 없었다.

방금 같은 폭발이 일어나면 어떻게 될지 모른다.

그나저나 방금 전 그 폭발은 대체 뭐였지?

방금 적이 한 말과 행동을 보아 그 폭발은 상대편이 의도적으로 벌인 일은 아닌 듯했다.

하지만 분명히 전황이 적에게 유리해지도록 만든 인위적인 폭발이었다.

그런 폭발이 우연히 일어날 리 없었다.

그렇게 생각하고 있었는데, 등에 오한이 퍼졌다.

―뭐지?! 누군가, 있다!

"누구야?! 나와!"

집 앞에 누가 있다.

교묘하게 기척을 지워서 언제부터 있었는지 모르겠다.

하지만 분명히 그곳에 있었다.

"……안 나오겠다면, 내가 간다."

칼을 들고 신중하게 입구로 다가갔다.

"—용케 눈치챘네? 이렇게 쉽게 들키면 암살자로 살아갈 자신이 없는데."

입구 쪽에서 목소리가 들렸다.

역시 누가 있었다.

그런데— 그 목소리를 듣고 나는 눈을 크게 떴다.

왜, 대체 왜……?!


—사실 의심은 했다.

왜냐하면 이 습격은 부단장인 리베르트 씨와 비비아나 씨가 없는 시기를 노렸으니까.

적이 이 사실을 알고 있다는 것은— 누가 내부에서 정보를 넘겼다는 뜻이었다.

그리고 방금 있었던 폭발.

그건 아마 왕궁 쪽에서 얼음벽을 폭파한 것이다.

얼음 파편이 왕궁 쪽보다 바깥쪽으로 퍼진 것이 증거였다.

그러므로 베고니아 왕국 병사의 소행일 확률이 높았다.

방금 말을 건 인물이 내 앞으로 모습을 드러냈다.

목소리로 알았다.

그럴 리 없다고 부인하던 내 마음은 그 모습을 보고 허무하게 짓밟혔다.

하지만 이유를 알 수 없었다.


"왜, 당신이 배신한 거죠— 엘레나 씨!"


엘레나 밀우드.

내가 기사단에 입단하고 한 달 동안 기숙사에서 함께 생활한 사람.

여자로 착각할 만큼 아름다운 외모지만, 의심의 여지가 없는 남자였다.

남자라고 알면서도 가끔 그 몸짓이나 표정을 볼 때면 여자로 착각할 때가 있었다.

언제나 꾸밈없고 밝은 성격으로 많은 사람들에게 호감을 사는 그와는 같은 방을 쓰게 되면서 친해졌다…… 그렇게 생각했다.

지금 엘레나 씨의 얼굴에서는 사람의 마음을 끌어당기는 그 웃음을 찾아볼 수 없었다.

그저 무표정하게 입구에 서서 나를 보고 있었다.

눈길이 맞았지만, 그 눈동자에서는 아무런 감정을 읽을 수 없었다.

왜 엘레나 씨가……!

"당신이, 정보를 유출했나요……!"

나는 검을 겨누며 물었다.

"응, 맞아. 지금 이 나라에 베고니아 최강의 병사, 비비아나 부단장과 리베르트 부단장이 없다고 린도 제국에 알린 사람은 나야."

엘레나 씨는 무덤덤하게, 사실만 늘어놓듯 무표정으로 말했다.

언제나 명랑한 말투로 얘기하던 엘레나 씨와는 다른 사람 같았다.

"왜 배신했어요……! 당신이 배신할 이유가, 대체 뭐야!"

나는 목청을 키워 외쳤다.

밖에서는 싸우는 소리와 누군가의 비명이 들렸다.

하지만 지금 이 공간만은 다른 곳과 단절된 것처럼 조용하게 느껴졌다.

가까운 곳에 있을 전투의 소음과 비명이 멀리서 들리는 듯했다.

그런 조용한 공간에서 엘레나 씨가 중얼거리다시피 목소리를 낮춰 대답했다.

"딱히 배신한 건 아니야."

"무슨, 소리야……?"

"처음부터 나는 너희 편이 아니었다는 말이야, 에릭."

"그게, 무슨……?!"

내가 한 번 더 물으려던 순간, 엘레나 씨는 눈을 감았다.

지금까지 한 번도 시선을 피하지 않았던 눈을 감았다. 그리고 다시 떴을 때— 거기에는 새빨갛게 물든 눈동자가 있었다.

싸울 때나 마력을 제어할 때, 눈이 피를 연상하게 하는 붉은색으로 변한다.

그건 인간족에게는 없는 특성이었다.

그 특성은 내가 죽인 펠릭스 글라디오나 내가 사랑하는 이레네와 같은 종족, 다시 말해—.

"마족이었나……!"

"응, 맞아. 나는 처음부터 린도 제국의 편이었어. 뭐, 정확하게 말하면 좀 다르지만."

지금까지 한 달을 함께 지내면서 전혀 눈치채지 못했다.

애초에 마족과 인간족은 외형에 차이가 없다.

다른 점은, 지금 엘레나 씨가 한 것처럼 눈 색깔이 바뀌는 것 정도다.

"그럼 왜 당신은 베고니아 왕국에서 병사 노릇을 했지……!"

"스파이야. 이 나라는 많은 마족 국가가 노리고 있어. 나도 그런 이유로 린도 제국에서 파견된 스파이야."

엘레나 씨는 무슨 추억이라도 떠올린 것처럼 엷게 웃으며 내게서 시선을 떼고 위를 봤다.

"의심받지 않게 수습으로 들어왔으니까 여기서 지낸 지 3년 정도 됐나? 길었던 것 같기도 하고, 짧았던 것 같기도 하고…… 뭐, 이제 와서는 아무런 의미도 없지만."

픽 코웃음 친 엘레나 씨는 또 무표정한 얼굴로 내게 말을 걸었다.

"드디어 여기를 떠날 수 있어. 귀찮은 임무도 이걸로 끝이야—방해되는 널 쓰러뜨리고 말이지."

조금 전까지 비어있던 엘레나 씨의 두 손에 어느새 단검이 쥐어져 있었다.

아마 소매에 감춰뒀었겠지.

충격적인 사실의 연속에 경악했지만, 나는 조금도 방심하지 않고 엘레나 씨를 관찰했다.

"미안하지만, 당신한테 질 생각은 없어."

지금까지 엘레나 씨와 훈련으로 싸운 적이 있지만 한 번도 지지 않았다.

두 손에 단검을 든 것을 보아 싸움법은 훈련할 때와 같을 것이다.

둘 다 진검을 들었지만, 나라면 죽이지 않고 기절시킬 수 있다.

하지만 내 말을 들은 엘레나 씨는 처음으로 선명하게 웃었다.

내가 아는 순수한 얼굴과 달리, 일그러진 얼굴로.

"하하. 에릭, 내가 훈련에서 진심을 다했다고 생각해?"

"······!"

"펠릭스 글라디오를 죽인 너라면 알지? 마족의 특성말이야."

어떻게 내가 그 녀석을 죽인 것을 알았을까.

마족 스파이라면 그 정도는 아는 게 당연한가?

"전투에서 진심을 다할 때, 마족은 눈이 붉어진다는 것을— 말이야!"

말이 끝남과 동시에 엘레나 씨는 새빨개진 눈으로 돌진해 왔다.

—빠르다?!

예상 이상으로 빠른 속도에 놀라 반사적으로 검을 휘둘렀다.

하지만 그 공격은 엘레나 씨의 오른손에 쥔 단검에 막혀 미끄러지고, 왼손의 단검이 내 배로 파고들었다.

"―큭!"

나는 반사적으로 맨손으로 엘레나 씨의 손목을 쳐서 궤도를 틀었다.

옷이 찢어지며 오른쪽 옆구리를 단검에 베였다. 하지만 스친 수준이다.

이 간격은 내게 불리하다.

너무 가까워서 검을 휘두를 수 없고, 엘레나 씨의 단검에게 유리하다.

티나가 있으니 뒤로 물러날 수도 없다.

엘레나 씨가 다음 공격을 하기 전에 거리를 벌리기 위해 배를 힘껏 걷어찼다.

엘레나 씨는 양손을 교차해 아슬아슬하게 방어했으나, 내 힘에 떠밀려 집 입구까지 밀려났다.

이제 거리가 벌어졌다.

위험했다. 그대로 꼼짝없이 당할 뻔했다.

엘레나 씨의 말대로 훈련에서 보여준 속도는 눈속임이었나 보다.

하지만 그뿐이었다.

달려오는 속도와 단검을 휘두르는 속도는 분명히 빨라졌다.

그래도 내가 더 강하다.

속도가 빨라져봤자 펠릭스보다 느리다.

그 녀석이 더 빨랐고, 힘도 더 강했다.

그 녀석은 내 발차기로 지금의 엘레나 씨처럼 멀리 밀려날 만큼 약하지 않았다.

훈련 때보다 강해지기는 했지만, 역시 내가 더 강하— 윽?!

그렇게 생각했는데, 갑자기 눈앞의 풍경이 일그러졌다.

다리도 왠지 말을 듣지 않고 후들거리다가 무릎이 꺾였다.

뭐, 뭐야……?!

"말했지, 에릭? 나는 암살자라고."

엘레나 씨가 내 앞으로 천천히 다가왔다.

이건 설마…….

"독, 인가……!"

"응. 단검에 독을 발라놨어. 상처에 들어가면 몇 초 안에 기절할 정도의 맹독이야."

눈앞에 있는 엘레나 씨의 모습이 흐려졌다.

"내가 이겼어, 에릭. 처음으로 에릭한테 이겼네. 딱히 기쁘지도 않지만."

밖에서 울리던 소리가 점차 들리지 않았다.

검으로 바닥에 찍어서 버티고 있지만, 검을 잡을 힘마저 사라지면 그대로 쓰러질 것 같았다.

호흡조차 힘겨워졌다.

"왜 뒤로 물러나지 않나 했더니, 티나가 있었구나."

내 뒤에 누워있는 티나를 보고 엘레나 씨가 무표정하게 중얼거리는 소리가 희미하게 들렸다.

"방금 폭발에 휘말렸나 보네. 휘말리지 않았어도 너랑 같이 처리할 생각이었으니까 별 차이는 없지만."

엘레나 씨가 내 옆을 지나서 티나에게 다가가려고 했다.

그곳으로는, 못 보내……!

적이라고 판명된 자를 무방비한 티나에게 보낼 수는 없다.

나는 남은 힘을 쥐어짜 몸을 오른쪽으로 틀며 횡으로 검을 휘둘렀다.

"윽! 깜짝이야……. 아직도 움직일 수 있어?"

하지만 늦게 반응한 엘레나 씨에게도 막힐 정도의 속도밖에 나오지 않았다.

"대단하네. 유리나는 순식간에 기절했는데."

"……뭐?! 유리나 씨에게도, 독을 썼어……?"

이렇게 가까이 있는 엘레나 씨의 말조차 멀리서 들리는 것 같았다.

"그 애도 강해졌어. 에릭 덕분이야. 내가 이 임무에서 만난 가장 큰 변수는 너였어. 너처럼 강한 애가 왜 갑자기 나왔는지, 어디 숨어있었는지 몰랐어. 설마 펠릭스 씨가 당할 줄은 생각지도 못했지."

"펠릭스를, 알아……?"

"물론 알지. 내가 얻은 정보를 가장 비싸게 사주던 사람이 펠릭스 씨니까. 사실은 린도 제국이 아니라 펠릭스 씨의 군대가 침공할 예정이었어."

그랬나. 전생에서도 엘레나 씨는 베고니아 왕국에서 스파이 활동을 했었나.

그래서 이 전투가 전생이나 현생에서도 같은 시기에 일어난 건가.

두 번 다 엘레나 씨가 정보를 유출해서 부단장인 리베르트 씨와 비비아나 씨가 없을 때 침공한 것이다.

"린도 제국이 밀리고 있어서 내가 좀 돕고 있었는데, 설마 너랑 비비아나 부단장이 돌아올 줄은 몰랐어."

예상대로 폭발의 범인도 엘레나 씨였다.

"그래도 네가 돌아와서 다행이야. 리베르트 부단장이었다면, 어려웠을 거야."

엘레나 씨는 내 앞에 쭈그려 앉아 눈높이를 맞췄다.

시야가 흐릿해져 조금밖에 보이지 않지만, 그래도 웃고 있다는 건 알 수 있었다.

"에릭은 착하니까 나랑 싸울 때 동요할 거라고 생각했어. 그래서 덕분에 이렇게 쉽게 이겼고."

"─크윽!"

나는 빈틈을 노려 엘레나 씨를 향해 검을 휘둘렀다.

하지만 속도가 느렸기 때문일까, 아니면 공격을 예상했기 때문일까. 엘레나 씨는 어렵지 않게 피해 버렸다.

"왜, 왜……! 전부, 거짓말이었어……?! 같이 지냈던 그날들은, 전부, 거짓말이었어……?!"

거칠어진 숨을 가누며 소리쳤다.

한 달을 함께 생활했다.

함께 훈련하고, 일하고, 목욕도 했다.

그 행동, 말, 웃음이 다 가짜였단 말인가?

"……거짓말, 이었을까? 나도 모르겠어. 스파이로서 본분을 잊은 적이 없냐면, 그렇지는 않아. 함께 웃었던 일들이 전부 연기였다고는 못 하겠지."

지금까지 쭉 무감정하게 말하던 엘레나 씨의 말에 아주 조금, 감정이 실린 것처럼 들렸다.

"그럼 왜 이런 짓을……!"

"임무니까. 살아가려면 일은 해야 하잖아?"

일? 살아가려고?

그까짓 일이야 스파이 말고도 얼마든지 있지 않은가?

베고니아 왕국 병사가 되는 것도 쉽지 않다.

엘레나 씨도 3년이나 걸렸다고 말했다.

이 일만으로도 먹고 살기에는 충분하지 않은가.


"너는 참 올곧더라. 어떤 목적을 위해서 앞만 보며 똑바로 살아왔겠지."

"무슨, 말을……?"

물론 나는 전생의 후회를 되풀이하지 않기 위해, 잃어버린 것을 다시는 잃지 않기 위해 살아왔다.

오직 그 목적만을 생각하며.

"나는 올바르게 살지 못했어. 비뚤어지고 꼬이고, 진창 속을 허우적대며 살아왔어."

무슨 말이야?

이해를 못 하겠다.

"네가 나와 싸우는데 동요했던 건 네가 너무 올곧은 사람이라서 그래. 내가 너를 바로 주저 없이 공격한 건 내가 비뚤어져서 그렇고. 그 차이야."

엘레나 씨는 한 번 더 내 앞에 앉았다.

내게는 이미 검을 휘두를 힘이 남지 않았다.

"너는 나를 친구라고 말해줬지? 나도 그렇게 생각했어. 아니, 지금도 그렇게 생각할지도 몰라."

"그러면 왜……!"

"어렵게 생각하지 마. 그냥 우선순위가 달랐을 뿐이야."

어깨에 찌르는 통증이 퍼졌다.

흐릿해진 눈으로 어깨를 자세히 보자 단검이 꽂혀 있었다.

엘레나 씨가 나를, 찌른 건가.


"나는 『목적』을 위해서 너를 공격할 수 있어. 너는 친구를 우선했는지 몰라도, 나는 『목적』을 우선했어."

그 말을 듣고 순식간에 통증이 강해졌다.

나는 어깨에서 단검이 뽑히는 동시에 쓰러지고 말았다.

"지금까지 즐거웠어. 또 기회가 있으면 만나자. 그때는, 적이겠지만."

그 말을 마지막으로 나는 의식을 잃고 말았다—.

◇  ◇  ◇

나는 에릭이 정신을 잃는 것을 확인하고 일어섰다.

건물 안쪽에는 티나가 누워 있었다.

아마 내가 방금 일으킨 폭발로 기절했겠지.

얼음벽 근처에서 마법을 쓰고 있었으니까 폭발의 영향을 직접적으로 받았을 것이다.

나는 에릭을 지나쳐 티나에게 다가갔다.

에릭은 방금처럼 공격해 오지 않았다. 이번에는 정말로 기절한 모양이었다.

"티나도 예상하지 못한 변수였어."

그정도의 거대한 얼음벽을 혼자서 만들 수 있다는 이야기는 못 들었다.

마법 천재라고는 들었어도, 그 정도의 실력자였다니.

티나도 에릭이 데리고 왔다.

에릭이 마법을 가르쳤다고도 말했다.

역시 에릭이 너무 큰 변수였다.

그래도 이제는 방해할 사람도 없다.

티나 옆에 쭈그려 앉았다.

그리고 어깨를 단검으로 얕게 벴다.

기절했어도 언제 깨어날지 모른다.

이렇게 해두면 한나절은 깨어나지 않겠지.

이걸로 드디어 내 일은 끝났다.

"여기서 3년이나 지냈나……."

말로 하면 제법 긴 시간 같지만, 체감으로는 그다지 길지 않았다.

그러고 보니 괴로운 시간은 늦게 가고, 즐거운 시간은 빨리 흘러 간다고 들은 적이 있다.

─역시, 즐거웠나.

훈련도 그다지 괴롭지 않았다.

모두 내 정체를 모르니까 친절하게 대해줬다.

유리나도 이런 나를 잘 따라줬다.

기절해서 바닥에 쓰러진 에릭을 봤다.

최근 한 달 동안은 매일 아침 일찍 일어나면 에릭이 옆에서 이런 식으로 자고 있었다.

평온한 얼굴이었다. 아침마다 에릭이 자는 얼굴을 보는 게 버릇 이 되었다.

며칠 전부터는 같이 자지 않아서 보지 못했지.

앞으로도 보고 싶지만…… 더는 못 본다.

함께 아침을 먹지도 못한다.

함께 훈련도 못 받는다. 함께 일도 할 수 없다.

밤에 방으로 돌아와서 그날 느낀 점을 말하거나 지쳤다고 푸념을 주고받을 수도 없다.

그리고 함께 웃을 수도…….

"……응?"

뭔가가 뺨을 타고 흘러서 닦아보니 눈물이었다.

어느샌가 울고 있었나 보다.

내게 울 자격 따위는 없을 텐데.

뭐가 슬펐던 걸까.

안 되겠다. 여기 있으면 너무 많은 생각이 든다.

밖에서는 아직 싸우는 소리가 들렸다.

아직 베고니아 왕국과 린도 제국의 병사들은 싸우고 있었다.

나는 베고니아 왕국 병사의 상의를 벗어 에릭을 덮어버리도록 던져 버렸다.

베고니아 왕국의 추억을 이곳에 두고 가기 위해서.

"잘 있어, 에릭."

그리고 나는 두 사람이 쓰러져있는 집을 나왔다.

집에서 나오자 병사들이 여전히 뒷문 앞에서 전투 중이었다.

린도 제국은 이 엉망이 된 전선조차 아직 뚫지 못했다.

"죽어라아아!"

집에서 나와 주변 상황을 확인하고 있는데, 누군가 옆에서 검으로 공격해왔다.

반사적으로 피하는 동시에 단검으로 상대방의 배를 갈랐다.

깊이 베지는 않았지만, 분명히 벴다.

그가 린도 제국 병사란 것은 베고 난 뒤에야 알았다.

"응? 넌 뭐야? 어느 편이야?"

내가 베고니아 왕국의 옷도, 린도 제국의 옷도 입지 않아서 판단이 서지 않는 모양이었다.

그러면서 공격은 왜 했어? 멍청한 것도 정도가 있지.

"어느 편도 아니야."

"뭐? 그게 무슨…… 욱?!"

병사는 몸의 이상을 깨달았는지 무릎을 꿇고 쓰러졌다.

"무, 슨……?!"

"몰라도 돼. 어차피 죽을 거니까."

나는 쓰러진 병사에게 다가갔다.

눈앞에 쓰러진 이 녀석은 나에게는 아무래도 상관없는 사람이었다.

죽여도 그만, 안 죽여도 그만.

내가 직접 죽이지 않아도 이런 곳에 엎어져 있으면 어차피 죽을 것이다.

그래도…….

"죽일까."

"아, 안 돼……!"

이 녀석은 독에 저항력이라도 있는지 좀처럼 기절하지 않았다.

아무래도 상관없는 사람이지만, 내 본분을 떠올리기 위해서.

나는 쓰러진 병사의 목에 단검을 꽂았다.

그리고 그대로 목을 찢었다.

"컥—."

그런 소리가 입에서, 아니면 단검에 찢어진 목에서 새어 나왔다.

누군지도 모르는 사람은 이렇게 쉽게 죽일 수 있는데.

사람을 죽이는 게 좋아서 살인을 하지는 않지만, 임무를 위해서라면 얼마든지 죽일 수 있다.

이건 내 임무를 떠올리기 위해 필요한 살인이다.

이로써 나는 베고니아 왕국의 병사라는 주박에서 벗어날 수 있다.

"고마워, 이름도 모르는 사람."

아마 즉사하지는 않았으니까 내 목소리가 들렸을 것이다.

그래도 내가 무슨 말을 하는지 이해하지 못한 채 죽어가리라.

그곳에서 멀어졌다.

이번에는 아무에게도 들키지 않도록 기척을 없애고.

지금 전장을 확인한 결과, 이미 내가 전황에 큰 영향을 끼칠 수는 없다.

어느 쪽이 이기고 지든 내게는 아무래도 좋은 일이다.

암살자의 본분을 떠올리고 이 나라를 뜬다.


그게 나의 임무니까.

◇　◇　◇

"역시 이렇게 됐나……."

나— 예레미아스 아스타라는 눈앞에 펼쳐진 광경을 보고 한숨 쉬었다.

원래는 이렇게 되기 전에 결판을 내고 싶었다.

하지만 이 지경이 되고 말해도 부질없는 후회였다.

이 상황을 어떻게든 해결해야 한다.


수 시간 전, 베고니아 왕국이 기습당하고 나는 곧바로 병사들에게 지시를 내렸다.

그리고 그 후 레오나르도 폐하에게로 갔다.

평범한 왕이라면 이런 급습이 있을 때 왕궁에 머무를 것이다.

그게 아니면 비밀 탈출로로 도망가거나 숨으리라.

이런 싸움은 왕이 죽는 순간 완패로 끝난다.

하지만 우리 베고니아 왕국의 레오나르도 폐하는 다르다.

나는 폐하의 방 앞에 도착해서 문을 가볍게 노크한 뒤 열었다.

평소라면 대답이 있을 때까지 기다리겠지만, 지금은 긴급사태였다.

방 정면에는 폐하와 메이드, 집사가 있었다.

주변에 대기하고 있는 메이드들은 나를 알아보고 고개를 꾸벅 숙였다.

"폐하! 검을 거둬주십시오!"

"무슨 소리냐! 적이 코앞까지 닥쳤는데 왕이 나서지 않으면 누가 상대한다는 말이냐!"

"왕이니까 나가시면 안 된다는 뜻입니다!"

"뭐라고?!"

평소의 집무용 복장이 아니라 갑옷으로 완전 무장한 폐하가 메이드와 집사를 상대로 실랑이를 벌이고 있었다.

다른 메이드들은 감히 끼어들지 못하고 지켜보는 상태였다.

"폐하, 예레미아스 아스타라입니다."

"오오, 예레! 왔나!"

말다툼에 정신이 팔린 세 사람에게 말을 걸자 폐하가 나를 보고 웃었다.

아마 자기편이 왔다고 착각하시는 모양이다.

"예레도 한마디 해! 이것들이 나한테 도망치라고 하잖나! 왜 왕인 내가 백성을 두고 도망쳐야 한단 말이냐!"

"예레미아스 님! 폐하를 말려주십시오!"

"우리가 뭐라고 말해도 들어주시질 않아요!"

"내 명령을 듣지 않는 건 너희지! 나는 왕이라고! 왜 왕명을 안 들어?!"

왕의 권한을 써서까지 메이드와 집사의 뜻을 꺾으려고 하지만, 항상 순종하던 두 사람은 물러나지 않았다.

"아뇨! 폐하께서 전선에 나가시려는 게 잘못입니다!"

"만약의 사태에 대비해 무장하시는 것은 좋으나, 어찌하여 전선에 나가려고 하십니까!"

"내가 전선에 서지 않으면 어쩌자고!"

""폐하가 전선에 서서 어쩌자는 겁니까!""

폐하의 말에 메이드와 집사가 이구동성으로 받아쳤다.

서로 한 발짝도 양보하지 않는 대치 상황.

서로가 서로를 생각해서 싸운다고 생각하니 상황에 어울리지 않게 웃음이 나올 것만 같다.

"예레! 너는 어떻게 생각하지?!"

폐하가 내게 의견을 물었다.

그렇다면 내가 이 언쟁을 보고 느낀 점을 말해드리자.

"예, 솔직히 말씀드리면……."

"좋아, 이 녀석들에게 말해줘!"

"무슨 헛소리를 하시는 걸까, 이 멍청한 폐하는. 입니다."

"그래, 정말 헛소리만 하고…… 잠깐, 왜 나야?!"

나와 함께 메이드와 집사를 설득하려던 폐하가 내 말을 듣고 깜짝 놀랐다.

"너까지 무슨 말이냐!"

"어째서 가장 우선해서 지켜야 할 대상인 폐하께서 가장 위험한 전선에 가려고 하십니까?"

"가장 우선해서 지켜야 할 건 내가 아니라 이 나라에 사는 사람들이다!"

폐하는 그렇게 호통치며 나를 노려봤다.

"설마 너, 내가 한 말을 잊은 건 아니겠지?"

폐하가 한 말이란 우리 기사단이 첫 번째로 지켜야 할 건 백성이라는 것.

"그거야말로 말도 안 되지요. 저를 포함한 기사단 전원은, 폐하의 말씀을 가슴에 새기고 있습니다."

"그럼 왜 나를 지키려고 하지?"

"폐하께서도, 이 나라에 사는 사람이시기 때문입니다."

내가 그렇게 말하자 폐하는 눈을 크게 떴다.

"……그렇군. 그런 식으로 생각했나."

"예. 폐하께서 돌아가시면 설령 백성이 살아남아도 그들을 이끌 사람이 없습니다."

언성을 키우던 폐하는 내 말을 듣고 조금 냉정해졌다.

"그래, 그렇군. 미안하다. 나도 갑작스러운 사태에 잠시 냉정함을 잃었나보군."

"이해해 주셔서 다행입니다."

"너희에게도 미안했다."

폐하는 조금 전까지 싸우던 메이드와 집사에게도 사과했다.

"아니오, 괜찮습니다."

"예. 폐하의 고집에는 익숙하니까요."

"음, 그대로 계속 방해했다면 너희를 베어버렸을지도 몰라."

"큰일 날 뻔했군요. 다시 생각해 주셔서 정말로 감사합니다."

실제로 검을 들고 있는 폐하가 해도 될 농담은 아니지만…… 진정하셨다면 됐다.

"하지만 정말로 위험해지면 나는 갈 거다. 싸울 힘이 있는 자가 싸우지 않으면 안 되지."

"알겠습니다. 그때는 저도 함께하지요."

그렇게 말다툼은 일단 수습됐다.

하지만 그 후로 전투가 시작되면서 폐하는 몇 번이나 전선으로 나가겠다고 고집을 부렸다.

나와 집사, 메이드들은 그때마다 필사적으로 폐하를 뜯어말려야 했다.


하지만 그것도 여기까지였다.

나와 폐하의 의견이 일치했다.

큰 폭발로 뒷문의 전선이 붕괴되어 상황이 긴박해졌다.

지금 가지 않으면 언제 싸운단 말인가.

내가 먼저 뒷문으로 나가서 싸우려고 했지만…….

무거운 갑옷을 입은 폐하가 나를 추월해 적에게 검을 휘둘렀다.

"역시 이렇게 됐나……."

적을 한 명 죽인 폐하가 검을 하늘로 치켜들고 외쳤다.


"우리 베고니아 기사단의 병사들은 들어라! 지금이 우리의 저력을 보여줄 때다! 나를 따르라아아!!"

위엄에 찬 목소리를 듣고 베고니아의 병사들이 고개를 돌렸다.

"폐, 폐하! 어찌하여 이런 곳에?!"

놀라는 소리를 들고 폐하는 아군뿐 아니라 적에게도 들리도록 소리쳤다.

"여기서 이기지 못하면 이 나라는 끝이다! 이 나라의 운명은 너희 손에 달렸다!"

아군을 고무하고 적을 해치우는 그 모습을 보고 들은 병사들이 힘을 쥐어짜서 다시 일어났다.

"친구, 가족, 사랑하는 사람들! 너희는 그들을 지키려고 왕국의 병사가 됐을 것이다! 그 마음을 상기하고 적을 쳐라! 적을 무찔러라!"

마력 고갈로 뒤로 물러나 있던 자들이 창백한 안색에도 불구하고 앞으로 나아갔다.

역시 레오나르도 폐하는 왕의 자질을 갖추신 분이다.

병사를 고무하는 건 본디 내 역할이지만, 폐하가 하면 효과가 더 컸다.

그런 당신이니까, 저는 이 나라에 목숨을 바치기로 한 겁니다.

이런 상황에서, 잘 움직이지 않는 내 입꼬리가 올라가는 것이 느껴졌다.

그리고 곧바로 표정을 고치고 정면의 적을 노려봤다.

병사의 수는 비슷하지만, 적군에는 마물 조련사가 있어서 수적으로는 압도적으로 불리했다.

하지만 병사의 질은 누가 봐도 우리가 우위였다.

"예, 예레 단장님……!"

전선에서 싸우는 폐하에게로 다가가자 나를 본 병사 한 명이 중얼거리는 소리가 들렸다.

앞에서 적이 공격해 왔다.

그자와 함께 늑대 마물이 아래쪽에서 뛰어올라 덤벼드는 모습도 보였다.

나, 아니, 나는— 머리를 완전한 전투용 의식으로 전환했다.

적 병사가 검을 내리치기 전에 상대의 이마에 칼을 꽂는다.

그리고 마물이 달려드는 것을 확인하고 아슬아슬하게 다리를 들어 피한 뒤 그대로 머리를 밟아 으깼다.

그리고 이마에서 뽑은 검으로 짓밟은 마물의 목을 잘랐다.

"못 싸우는 것들은 빠져 있어! 아직 싸울 수 있는 것들은 나와 폐하를 따라와라!"

나는 적과 싸우며 폐하에게 달려갔다.

폐하와 내 말을 듣고 병사들이 함성을 지르며 적에게 돌진했다.

"폐하! 내 뒤에 있어!"

"훗, 얕보지 마라! 옛날에는 너와 일 대 일로 싸워서 이겼다고!"

"몇 년 전 이야기야?! 지금은 내가 더 강해!"

그런 대화를 나누며 폐하 앞에 나가려고 했지만, 폐하도 내 앞으로 치고 나가려고 했다.

그러는 사이에도 적이 달려들어서 폐하와 함께 상대를 해치웠다.

그러다 결국에는 폐하와 등을 맞대는 형태로 싸우게 됐다.

"폐하와 단장님을 엄호해라!"

"이 나라는 우리가 지킨다!"

나와 폐하 주변에서 그런 목소리가 들리고, 적군의 기세가 꺾이기 시작했다.

"이것들 대체 뭐야?! 왜 안 쓰러져!"

적 병사가 두려움에 떨며 외치는 소리가 들렸다.

"하, 그런 것도 모르냐!"

그 병사 뒤로 폐하가 돌아갔다.

"쓰러지면, 지킬 수 없기 때문이다!"

그렇게 알려주듯 소리치고 적을 벴다.

폐하와 나의 참전으로 베고니아 왕국 병사들이 전선을 밀어내기 시작했다.

하지만 결정타가 부족했다.

상대도 처음에는 우리 기세에 밀렸지만, 지금은 다시 냉정하게 대응하고 있었다.

이래서는 우리가 점점 불리해진다.

하지만 이거면 됐다.

아직은 결정타가 없지만, 우리에게는 비장의 무기가 있으니까.

그것은─.

"『스타 플레어<sup>화염탄</sup>』."

위에서 마법명을 외는 소리가 들렸다.

그와 동시에 적이 뭉친 곳에서 폭발적인 충격이 퍼졌다.

그곳을 보자 수십에 달하는 적 병사와 마물이 불타고 있었다.

그런 공격이 하늘에서 십수 개씩 떨어졌다.

"오래 기다리셨죠~? 정문은 상황이 정리돼서 도우러 왔어요~."

방금 마법명을 말한 목소리가 다시 하늘에서 들렸다.

그 목소리에 정신이 팔려 하늘을 본 적을 해치우고, 그쪽을 보지 않은 채 대답했다.

"비비아나! 좋을 때 와줬어!"

"아하하. 예레 씨, 진심이네."

내 말투를 듣고 왠지 기쁘게 웃는 사람은 마법 기사단 부단장 비비아나.

"아군에게 맞지 않도록 적을 쓸어버려!"

"네~ 그럼 갑니다~."

그 후, 상공에서 적 병사와 마물을 향해 마법이 연달아 떨어졌다.

적 병사 중에도 마법을 쓰는 자가 있을 것이고 활을 쓰는 자도 있겠지만, 그런 적은 지상에 있는 우리가 우선적으로 해치웠다.

가끔 하늘에 있는 비비아나에게 공격이 향해도 무턱대고 쏜 화살이나 마법이 비비아나에게 닿을 리 없었다. 비비아나는 여유롭게 피하며 마법으로 반격했다.

비비아나가 오고 얼마 지나지 않아서 정문에서 싸우던 우리 편 병사들도 달려왔다.

이제 수적 우위도 우리가 점했다.

그리고 몇십 분 후, 전황은 완전히 역전됐다.

이미 적 병사들은 도망치기 바빴고, 가끔 주인을 잃고 공격해 오는 마물만 상대하면 될 뿐이었다.

이쯤하면…… 괜찮겠지.

나는 깊이 심호흡하고 전투태세에 들어갔던 몸과 머리를 식혔다.

그리고 주변을 돌아보다가 폐하를 찾았다.

나는 왠지 위를 노려보는 폐하에게 다가갔다.

"폐하, 무사하십니까?"

"핑크인가…… 응? 아, 예레군. 나는 괜찮아."

핑크……?

질문에 대답하기 전 중얼거린 말에 의문을 가지며 폐하가 노려보는 하늘을 올려다봤다.

하늘에는 비비아나 부단장이 있었다.

그녀는, 치마를 입고 있었다.

"……폐하."

"왜."

"왕비님께 보고하겠습니다."

"미안, 그것만은 봐줘."

나는 왕비님께 보고할 사항을 머리에 담아 두며 전장 수습에 나섰다.

HE CHALLENGES THE FIGHT FATEFULLY.

He lost all his important things. As he respawn, he aims for the invincibility to save everything.

제 3 장 ┃ 배신

"에릭! 어서와!"

"기다려 주세요, 엘레나 씨."

나와 엘레나 씨는 휴일을 맞아 거리에 놀러 나왔다.

아직 왕도 베고니아에 온 지 얼마 되지 않은 나는 이 도시를 잘 알지 못한다.

잡담을 나눌 때 그런 얘기를 했더니 엘레나 씨가 도시를 안내해 주기로 했다.

우리는 함께 사복을 입고 거리에 나왔다.

업무로 거리를 순찰하거나 길드 건물 등을 경호했지만, 가게에 들르거나 물건을 살 일은 거의 없었다.

엘레나 씨는 왕도에 오래 살아서 혼자 산책하는 일도 많다고 했다.

"역시 왕도라 그런지 다양한 가게가 있어서 재미있어! 내가 원래 살던 곳엔 이런 게 없었거든. 왕도에 오길 잘했다는 생각이 들어!"

엘레나 씨는 내 옆에서 즐겁게 말하며 웃고 있었다.

나도 전생의 경험까지 합쳐도 이런 큰 도시를 거닌 적은 거의 없었다.

"안내는 맡길게요."

"나만 믿어. 내가 추천하는 곳은 전부 돌아볼 거니까."

"저, 전부……."

"그래, 전부! 그러니까 서둘러, 에릭!"

엘레나 씨는 내 손을 잡고 신이 난 듯 빠른 걸음걸이로 앞장섰다.

휴일인데 피로가 더 쌓일 것 같다고 생각하면서도 웃고있는 엘레나 씨를 보자 덩달아 미소가 번졌다.


그 후, 나는 여러 곳을 안내받았다.

역시 혼자서 산책하는 사람답게 엘레나 씨는 맛있는 가게를 많이 알고 있었다.

군것질거리를 먹으면서 다른 음식을 사러 가기도 했다. 맛은 있었지만, 마지막에는 배가 터지는 줄 알았다.

그런 와중에도 엘레나 씨는 여유가 있어 보였고, 엘레나 씨는 의외로 대식가라는 사실을 알게 됐다.

옷 가게에도 갔었다.

내가 옷을 골라서 시착하기도 했는데, 엘레나 씨와 직원들은 미묘한 표정을 지었다. 왜지.

결국 내 옷은 엘레나 씨가 골라줬다.

엘레나 씨도 시착했는데, 뭘 입어도 잘 어울렸다.

내 옷까지 골라준 것을 보면 역시 옷 입는 센스가 좋다.

그런데 여기서 사소한 사건이 터졌다.

"손님, 이건 어떠세요? 무조건 어울릴 거예요."

그렇게 말하며 여성 점원이 추천한 옷은 치마였다.

아니, 뭐, 이해는 한다.

나도 처음에는 착각했으니까.

그래도…….

"아, 죄송한데 전 남자예요."

"……네?"

남자라는 말을 듣고 점원이 얼어붙었다.

"자, 장난이죠?"

"정말이에요."

엘레나 씨가 애매하게 웃으며 대답했다.

그 대화를 듣고 한 점원이 다가왔다.

"미안해, 엘레나. 얘가 아직 신참이라서 너를 몰라."

"괜찮아요, 신경 안 써요."

"죄, 죄송합니다!"

착각한 점원이 어쩔 줄 몰라 하며 사과했다.

엘레나 씨는 전혀 개의치 않고 웃으면서 대응했다.

단골이라서 다른 점원은 착각하지 않았지만, 신참은 몰랐나 보다.

"그래도 엘레나가 참 귀엽긴 해. 피부도 곱고. 한 번 치마를 입고 여자처럼 꾸며보지 않을래? 잘 어울릴 것 같은데."

점장이 신참에게 주의를 주면서도 짓궂은 농담을 던졌다.

"에이, 점장님까지 무슨 말씀이세요."

"뭐 어때? 입는다고 닳는 것도 아니고."

엘레나 씨는 강하게 거절하지 못했고, 방금 실수로 들고 온 치마와 어울리는 옷을 거의 강제로 넘겨받아 시착실로 떠밀렸다.

아마 신참이 주눅 들지 않게 점장님과 엘레나 씨가 배려한 것이리라.

그 후, 시착실 커튼이 걷히고 여장한 엘레나 씨가 나타났다.

무릎 위를 살짝 덮는 검은 치마, 그리고 뭔가 포근한 무늬가 들어간 니트.

"귀여워요, 손님!"

"역시 잘 어울려, 엘레나."

심플하지만 엘레나 씨의 매력을 확실하게 끌어내는 옷이었다.

남자인데 이토록 여장을 귀엽게 소화하는 사람은 엘레나 씨밖에 없지 않을까 싶을 정도로.

"에릭, 어때? 기분 나쁘지 않아?"

"에이, 기분 나쁘다뇨. 오히려 너무 어울려서 놀랐어요."

"아하하, 칭찬인지 아닌지 모르겠어."

아차, 남자한테 여자 옷이 어울린다고 말해도 칭찬으로 받아들이기 힘든가.

"그래도 안 어울리는 것보다는 낫겠지? 고마워, 에릭."

엘레나 씨는 치마를 살짝 나풀거리며 웃었다.

이런 말 하기는 좀 그렇지만, 그 모습은 여자로밖에 보이지 않았다.


그런 사건을 겪으면서도 엘레나 씨가 추천한 곳을 전부 돌았다.

그러자 해도 저물고 있었다.

"오늘은 고마웠어, 에릭."

돌아오는 길에 그 가게에서 산 옷을 한 손에 든 엘레나 씨가 말했다.

물론 치마는 사지 않았나 보지만.

"아뇨, 감사는 제가 해야죠. 오늘 시간 내줘서 고마웠어요."

"에릭이랑 같이 놀면 재밌어서 여기저기 끌고 다녔네. 안 피곤해?"

"괜찮아요. 훈련도 하는데 이쯤이야."

훈련과는 다른 피로감이 있지만, 그것을 굳이 말할 만큼 눈치가 없지는 않다.

"후훗, 사실은 피곤하면서."

"네? 아니, 그건……."

"앗, 진짜 지쳤구나? 나한테 거짓말했어."

속마음을 들킨 줄 알고 뜨끔했는데, 설마 떠본 거였나.

"너무해요, 엘레나 씨."

"후훗, 미안. 괜히 놀리고 싶어졌어. 에릭은 착하니까."

"정말로 너무하네요……."

우리는 지칠 때까지 놀다가 웃으면서 기숙사로 돌아왔다.

무척 즐거운 하루였고, 우리는 또 놀러가자고 약속했다.

◇　◇　◇

　—에릭은 착하니까 나랑 싸울 때 동요할 거라고 생각했어. 그래서 이렇게 쉽게 이겼고.

　내가 무릎을 꿇고 일어나지 못했을 때, 눈앞에 있던 사람은 그렇게 말했다.

　윽……!

　—나는 올바르게 살지 못했어. 비뚤어지고 꼬이고, 진창 속을 허우적대며 살아왔어.

　그때까지 무표정했던 사람이, 그 순간만은 눈동자 속에 흔들리는 감정을 내보였다.

　진창 속에서, 살았다……?

　—나는 『목적』을 위해서 너를 공격할 수 있어. 너는 친구를 우선했는지 몰라도, 나는 『목적』을 우선했어.

　그 흔들리는 감정 속에 확고한 목적이 있다고 느꼈다.

　목적이, 대체 뭐야……!

　—지금까지 즐거웠어. 또 기회가 있으면 만나자. 그때는, 적이겠지만.

　힘을 잃고 쓰러지는 가운데, 마지막으로 슬프게 웃는 얼굴을 본 기분이 들었다.

　정말로 즐겁기는 했어……?! 그것도 거짓말 아니냐고!

"엘레나, 씨⋯⋯!"

무의식중으로 그렇게 말하며 무겁기 짝이 없는 눈을 억지로 떴다.

눈도 눈이지만, 머리가 더 무겁고 깨질 듯이 아팠다.

머리를 직접 얻어맞은 감각을 느끼면서도 간신히 상반신을 일으켰다.

"에릭! 괜찮아?!"

옆에서 나를 부르는 소리가 들렸다.

나를 걱정하는 목소리지만, 너무 커서 머리가 더 아팠다.

"유리나, 씨⋯⋯."

목소리만으로도 누군지 알았지만, 옆에 있는 얼굴을 보고서 그 이름을 꺼냈다.

"그래, 나야. 잠깐 기다려, 물 가지고 올게."

유리나 씨는 그렇게 말하고 내게서 떨어졌다.

나는 주변을 돌아보고 아직 제대로 돌아가지 않는 머리로 최대한 상황을 확인했다.

우선 내가 누워있던 곳은 딱딱한 침대였다.

이곳은 병실 같았다.

전에 왕궁 옆에 아주 큰 병원이 있다고 들은 기억이 났다.

하지만 왜 내가 병실에⋯⋯?

머리가 너무 아파서 기억이 잘 안난다.

비교적 좁은 병실에는 침대가 세 개밖에 없었다.

내 옆에 한 침대가 있고 그곳에는 지금 아무도 없었다.

아마 유리나 씨의 침대였겠지.

그리고 내 앞에 침대가 하나 더 있었다.

아직 흐릿한 눈에 힘을 주고 보자 그 침대에는 티나가 잠들어 있었다.

"티나⋯⋯!"


이제야 겨우 지금까지 있었던 일이 전부 떠올랐다.

왕도가 침공당했다는 소식을 듣고 비비아나 씨와 함께 돌아온 것.

도중까지 순조롭게 싸웠지만, 돌연 발생한 폭발로 단숨에 상황이 역전된 것.

그리고⋯⋯ 엘레나 씨.

맞아, 내가 엘레나 씨에게 쓰러진 뒤로 어떻게 됐지?

내 뒤에는 티나가 있었다.

설마 지금 저기서 자는 것처럼 보이는 티나는, 엘레나 씨에게 살해당한─!

나는 무거운 몸을 억지로 일으켜 티나에게 다가가려고 했으나⋯⋯.

"에릭! 무리하지 마!"

돌아온 유리나 씨에게 제지당했다.

유리나 씨는 일어나려던 나를 조심스럽게 침대로 밀었다.

그 힘은 약했지만, 그것조차 밀쳐 낼 수 없을 만큼 몸에 힘이 들어가지 않았다.

"티나는요⋯⋯?!"

"자고 있을 뿐이야. 살아있으니까 안심해."

내 걱정을 알아차렸는지, 유리나 씨는 말을 내 말을 다 듣지도 않고 대답해줬다.

다행이다, 정말로…….

안심한 탓인지 긴장이 풀려서 다시 침대에 쓰러질 것 같았지만 참았다.

"우리 셋은 큰 상처가 없지만, 꽤 오래 눈을 뜨지 못했다고 해. 꼬박 하루를 잠들었다는군."

"하루……."

그 후로 하루나 잠들어 있었나.

"나는 어떤 사람에게 독으로 공격당했어. 아마 그 탓에 오래 잠들었겠지."

그 얘기를 듣고 엘레나 씨가 한 말이 떠올랐다.

그러고 보니 유리나 씨도…….

"에릭…… 너는 엘레나 씨에게 당했어?"

"……네, 맞아요."

"그렇군…… 그럼 티나도?"

"아마 그럴 거예요."

정신을 잃은 뒤라서 확실하지 않지만, 내 뒤에 기절해있던 티나에게 독을 주입하는 것쯤은 일도 아니다.

나에게 확인받은 유리나 씨는 인상을 찌푸리며 고개를 떨궜다.

"엘레나 씨는 정체가 뭐지? 내가 쓰러지기 직전에 그 사람은 자기가 마족 편이라고 말했어. 그 사람은, 배신자인가?"

유리나 씨는 마음속을 떠나지 않던 생각을 괴롭게 토해냈다.

그 답은, 나도 모른다.

엘레나 씨가 대체 지금까지 어떤 기분으로 우리와 함께 지냈을까.

그 구김살 없는 웃음은 전부 연기였을까.

"에릭은 뭐 아는 거 있어?"

"……저는 조금이지만 엘레나 씨와 대화를 했어요."

"뭐라고 말했지?"

나는 그때 들은 내용을 유리나 씨에게 말했다.

엘레나 씨는 마족이고, 스파이로서 이 나라에 잠입했었다는 것.

의심받지 않으려고 기사단 수습으로 들어와 3년을 들여 기사단에 입단한 것.

이번 급습을 위해서 정보를 유출한 장본인이라는 것.

그리고 다음에 만날 때는 적이라고 말한 것.

"그랬군……."

유리나 씨는 인상을 더 찌푸리면서도 내 설명을 끝까지 들었다.

"배신이 아니라 처음부터 우리 편이 아니었나……."

당장 눈물을 쏟을 것 같은 유리나 씨에게 뭐라고 말을 건네야 할지 알 수 없었다.

엘레나 씨와 가장 친했던 사람은 유리나 씨다.

수습 시절부터 친했다고 하며, 유리나 씨가 존경하는 몇 안 되는 선배였다.

엘레나 씨도 교우 관계가 넓었지만 유리나 씨와는 특히 즐거운 듯이, 가장 친한 것처럼 대화를 나눴다.

『즐거운 듯이』, 『친한 것처럼』.

단언할 수 없다는 게 이다지도 괴로운 것인가.

"나는 오빠와 남동생이 있지만, 가족 중에 여자는 어머니 말고 없어. 그래서인지 엘레나 씨를 내 멋대로 언니처럼 생각하며 따랐던 것 같아. 후훗, 그 사람은 남자이면서 여자 같았으니까. 실례인 줄은 알지만……."

유리나 씨가 입가에 옅은 미소를 띠며 말했지만, 끝내 참지 못하고 눈물을 흘렸다.

"가짜, 였어……! 내게 보여준 다정함도, 웃음도 전부……!"

목을 쥐어짜서 내뱉는 말이 나와 유리나 씨, 그리고 아직 잠든 티나가 있는 병실에 공허하게 울렸다.


소리죽여 우는 유리나 씨에게 차마 말을 걸 수 없었다.

아무 말도 없이, 우리가 있는 병실에선 흐느껴 우는 소리만 들렸다.

나도 엘레나 씨의 일로 충격을 받았다.

전생에서 동성 친구는 크리스토밖에 없었다.

그래서 크리스토를 제외한 남자 친구는 엘레나 씨가 처음이었다.

항상 밝게 웃어주는 사람이었다. 말을 나누는 것만으로 무척 즐거웠다.

그게 전부 과거가 되고 말았다.

이제 그 사람과 그런 식으로 대화를 나누지는 못하리라.

『지금까지 즐거웠어. 또 기회가 있으면 만나자. 그때는, 적이겠지만.』

정신을 잃기 직전, 엘레나 씨가 마지막으로 건넨 말을 떠올렸다.

즐거웠다.

그 말은 사실이었을까?

처음부터 아군이 아니었던 사람의 그 마지막 말은 과연 믿어도 되는 걸까?


그런 생각을 하고 있었는데, 거의 소리가 나지 않던 병실에 문을 노크하는 소리가 울렸다.

미닫이문은 조심스럽게 드륵 소리를 내며 열렸다.

문으로 쭈뼛쭈뼛 고개를 내민 사람은 어린 소녀였다.

금발에 동글동글한 눈이 귀여운 여자아이였다.

그 아이는 나와 눈이 마주치자 순간 흠칫했지만, 무서워하면서도 얼굴만 내밀어 병실 안을 돌아봤다.

그리고 침대에 앉아 고개를 떨어뜨린 유리나 씨를 보고는 귀엽게 활짝 웃었다.

"언니……!"

그 아이는 조금만 열었던 문을 확 열어젖히고 유리나 씨에게 다가왔다.

유리나 씨도 순간 화들짝 놀랐지만, 눈물을 훔치며 그 목소리에 반응해서 고개를 들었다.

"너······!"

유리나 씨는 여자애를 보고 젖은 눈을 크게 떴다.

여자애는 침대에 앉은 유리나 씨의 다리에 매달리다시피 안겼다.

"언니······! 깨어나서 다행이야······!"

아이는 울먹이면서도 기쁘게 웃으며 유리나 씨에게 찰싹 달라붙었다.

"고마워. 걱정시켜서 미안."

유리나 씨는 놀라고 조금 당황한 듯했으나, 사랑스럽게 그 아이의 머리를 쓰다듬었다.

"유리나 씨, 그 아이는 누구예요?"

내가 묻자 유리나 씨는 아이에게 들리지 않게 목소리를 낮춰 말했다.

"전투 도중에 내가 구한 애야. 이 애의 모친은······ 구하지 못했어."

"그랬군요······."

분한 마음에 입술을 깨무는 유리나 씨에게서 눈을 돌려 여자애를 봤다.

유리나 씨도 다정하게 미소 지으며 그 아이와 눈을 맞췄다.

"너도 무사해서 다행이야. 어디 다친 곳 없어?"

"응! 착한 언니가 사람들이 있는 곳까지 데려다줬어!"

"착한, 언니······?"

유리나 씨가 혼잣말처럼 중얼거린 말에 여자애는 웃은 채로 답했다.

죽음에서 돌아와, 모든 것을 구하고자 최강에 도달한다 3

"웅! 엘레나 언니!"

"……!"

그 이름을 듣고 유리나 씨와 나는 놀라고 말았다.

우리 반응을 알아차리지 못하고 여자애는 이야기를 이어갔다.

"엘레나 언니가 언니…… 아, 언니는 이름 뭐야?"

"나? 나는 유리나야."

"유리나…… 유리 언니!"

유리나 씨를 어떻게 부를지 정한 아이는 계속 생글생글 웃으며 이야기했다.

"엘레나 언니가 유리 언니가 잠든 뒤에 나를 데려다줬어! 그것도 유리 언니를 업고서! 엘레나 언니 힘 엄청 세!"

여자아이는 즐겁게 엘레나 씨와 있었던 일을 재잘거렸다.

아마 유리나 씨가 잠들었다는 건 엘레나 씨가 독 묻은 단검으로 기절시켰다는 뜻이겠지.

아이의 말에 따르면 엘레나 씨는 유리나 씨를 업고 여자아이를 안전지역으로 옮겨준 모양이었다.


"……그랬나."

이야기를 다 들은 유리나 씨는 아이를 바라보며 생각에 빠졌다.

"유리 언니, 엘레나 언니는 어디 있어?"

그 아이는 불안하게 물었다.

죽었을까봐 겁이라도 났나 보다.

아직 어린데 아주 총명한 아이다.

"괜찮아, 엘레나 언니는 안 죽었어. 그냥, 여기에 없을 뿐이야……."

"그래? 또 만나고 싶은데……."

여자애는 슬픈 기색을 비치며 아쉬워했다.

"……엘레나 언니를, 만나고 싶어?"

"응! 아직 고맙습니다 인사 못 했어! 아, 유리 언니! 도와줘서 고맙습니다!"

"……아니야, 나야말로 고마워."

"응? 뭐가?"

"네 덕분에 결심이 섰다는 말이야."

유리나 씨는 사랑스럽게 아이의 머리를 쓰다듬었다.

"에헤헤, 천만에!"

아마 뜻은 정확히 모르고 말했겠지만, 여자애는 기분이 좋은지 눈웃음을 지었다.

"에릭, 나는 믿어."

유리나 씨는 여자애의 머리를 쓰다듬으며 나에게 말을 걸었다.

"엘레나 씨는 배신했어. 그건 사실이야. 하지만 함께 지낸 그 시간이 전부 거짓이라고는 도저히 생각할 수 없어."

유리나 씨는 내 눈을 똑바로 보면서 말했다.

방금 흐느껴 울던 때와는 달리 뭔가를 결심한 눈이었다.

평소처럼 늠름한 유리나 씨였다.

"적어도 나를 기절시킨 뒤에 이 아이를 구한 건 내가 아는 엘레나 씨야."

사람을 죽이기로 각오하고 강해진 유리나 씨가 방해되니까 기절시켰다.

그 행동은 틀림없이 마족 스파이, 암살자의 행동이었다.

하지만 그 후 이 아이를 구한 행동은, 스파이나 암살자와는 전혀 관계가 없었다.

심지어 기절한 유리나 씨도 안전한 곳으로 옮겨줬다.

이건 나와 유리나 씨가 아는 마음씨 착한 엘레나 씨의 행동이었다.

"나는 믿어. 엘레나 씨를, 엘레나 씨의 행동을. 내게 보여준 웃음이 진짜라고 믿어."

그렇게 말하고 웃는 유리나 씨의 얼굴에서는 이미 눈물을 찾아볼 수 없었다.


나는 엘레나 씨와 싸웠다.

마족의 스파이면서 암살자인 엘레나 밀우드와.

그때 엘레나 씨는 나와 유리나 씨가 아는 엘레나 씨가 아니었다.

웃음기 없이 무표정으로 나를 공격했다.

훈련 때 보인 열의가 아닌, 적의를 가졌다는 것은 확실했다.

지금 생각하면 살의는 없었을지도 모른다.

죽일 마음이 있었다면 정신을 잃은 나와 티나가 이렇게 살아 있을 리 없다.

동정을 베풀었는지, 아니면 엘레나 씨가 아직 우리를 친구라고 생각하기 때문인지, 그건 알 수 없다.

다정한 엘레나 씨와 암살자 엘레나 밀우드.

어느 쪽이 진짜고 어느 쪽이 가짜일까.

지금으로서는 알 길이 없다.

하지만 내가 기절하기 직전 엘레나 씨가 말했었다.

『……거짓말, 이었을까? 나도 모르겠어. 스파이로서 본분을 잊은 적이 없냐면, 그렇지는 않아. 함께 웃었던 일들이 전부 연기였다고 는 못 하겠지.』

그때까지 쭉 감정이 없는 것처럼 말하던 엘레나 씨가 슬픔을 견 디지 못한 것처럼 대답했다.

그때 한 말이 거짓말이라는 생각은 들지 않았다.

지금까지 엘레나 씨의 행동이 거짓인 걸 간파하지 못한 나지만……
그때 흘린 말, 흘러나온 감정을 거짓이라고 생각할 수 없었다.

아니, 생각하고 싶지 않은 것뿐인지도 모른다.

"지나? 여기 있니?"

그런 생각을 하고 있었는데, 또 병실 문이 열리고 한 남성의 얼굴 이 보였다.

"앗, 아빠!"

유리나 씨의 다리에 안겼던 소녀, 지나라고 불린 아이가 그 남성 에게 달려갔다.

남성은 달려온 지나를 안아주며 침대에 앉은 유리나 씨를 보고 놀라워했다.

"깨어나셨군요! 지나에게 이야기는 들었습니다. 딸을 구해주셔서 감사합니다!"

지나의 아버지는 깊이 머리를 숙였다.

아마 지나와 함께 병실에 몇 번 문안을 왔던 모양이다.

"아, 아닙니다. 기사로서 해야 할 일을 했을 뿐입니다."

유리나 씨는 갑자기 감사 인사를 받아 살짝 당황하면서도 그렇게 답했다.

"저는 그 습격이 있을 때 일을 하느라 집에 없었습니다. 아내에 딸까지 잃었다면 저는 살아갈 의욕도 잃었을 겁니다."

"……아내분은, 구하지 못했습니다……. 죄송합……."

"사과하지 마십시오!"

유리나 씨가 일어나서 머리를 숙이려던 순간, 아버지가 소리치며 제지했다.

"아내는 안타깝게 됐지만, 딸을 구해주신 분이 사과하실 이유는 전혀 없습니다. 정말로 감사할 뿐이에요."

"……네."

당사자가 괜찮다고 말해도 유리나 씨는 아직 분한지 인상을 펴지 못했다.

그리고 아버지와 지나가 병실에서 나가려던 때.

"지나……야."

유리나 씨가 익숙하지 않은 투로 지나를 불러 세웠다.

"왜?"

"엘레나 언니하고, 만나고 싶어?"

"응! 만나서 고맙습니다 하고 싶어!"

지나의 활기찬 대답에 유리나 씨는 웃으며 고개를 끄덕였다.

"내가 데리고 올게."

"정말?!"

"그래. 언제가 될지 모르지만, 기다려줄래?"

"응! 약속하자!"

"물론이지."

두 사람은 전에도 한 적이 있는지, 짠 것처럼 새끼손가락을 내밀고 걸었다.

""새끼손가락 고리 걸고 꼭 꼭 약속해.""

손을 위아래로 흔들며 두 사람은 목소리를 맞춰 끝까지 노래 불렀다.

"갈게, 유리 언니!"

"그래. 다음에 보자, 지나야."

지나는 손을 흔들며, 아버지는 고개를 숙이며 병실에서 나갔다.


"에릭, 지금 말한 대로야."

두 사람의 발소리가 복도에서 들리지 않게 되자 유리나 씨가 그렇게 운을 뗐다.

"엘레나 씨를 데리고 올 생각인가요?"

"그래. 두들겨 패서라도 끌고 와야지. 아니, 만나게 되면 일단 한 대 때리고 볼까."

유리나 씨는 농담처럼 웃으며 말했다.

유리나 씨는 이미 각오를 굳힌 듯했다.

유리나 씨는 이번 습격을 통해 성장했다고 엘레나 씨가 말했다.

그게 무슨 뜻인지 이제는 알 것 같았다.

"엘레나 씨는 스파이로서 여기 왔다고 했지?"

"네. 그렇게 말했어요."

그 사람은 스파이로서 베고니아 왕국에 파견됐다고 했다.

심지어 그 기간은 3년.

의심받지 않기 위해 기사단 수습부터 차근차근 경력을 쌓았다고 는 해도 너무 긴 시간이었다.

"3년이나 베고니아 왕국에 있었어. 내가 믿는 엘레나 씨라면 병 사 중에서, 아니면 마을에서도 친한 사람이 있었을 거야."

맞는 말이다.

엘레나 씨는 굉장히 밝고 많은 사람에게 호감을 사는 성격이었으 니까.

함께 놀러 나갔을 때도 도시 사람들에게 사랑받는 모습을 이 눈 으로 봤다.

"그러니까 이 나라를 배신하는 걸 주저했을 거야. 하지만 결국은 했지. 그렇다면 엘레나 씨는 뭔가 약점을 잡혔을 가능성이 있어."

"약점이요?"

"그래. 본인이 원해서 스파이나 암살자로 일하는 게 아니라 약점 때문에 도울 수밖에 없었다면?"

듣고 보니 가능성은 있어 보였다.

하지만 전부 짐작에 불과했다.

"물론 이건 내 희망 사항에 가까운 해석이야. 어쩌면 엘레나 씨의 언행이 전부 거짓이고 처음부터 친하게 지내는 연기를 했을 뿐인지도 모르지."

유리나 씨도 그건 알고 있었다.

자조하지만, 굳은 믿음에 찬 눈이었다.

"바보라고 욕해도 돼. 하지만 나는 엘레나 씨를 믿기로 했어. 엘레나 씨를 데리고 오기 위해서라면, 나는 바보가 될 거야."

유리나 씨는 강단 있게 당당히 말했다.

바보 같은 생각인 줄 알면서도 그것을 믿는다.

유리나 씨는 정말로 강해졌다.

검술 실력뿐만 아니라, 마음이 강해졌다.

그 신념은 이제 그 누구도 흔들어 놓지 못하리라.

설령 그것이 엘레나 씨 본인일지라도.


"약점인지는 모르겠지만, 엘레나 씨가 이런 말을 했어요."

"뭐지?"

「약점」이라는 단어를 듣고 떠오른 사실이 있었다.

―나는『목적』을 위해서 너를 공격할 수 있어. 너는 친구를 우선했는지 몰라도, 나는『목적』을 우선했어.

엘레나 씨는 나에게 그렇게 말했다.

지금도 잘 모르겠지만, 유리나 씨처럼 엘레나 씨를 믿는다면…….

"그『목적』이란 것이 엘레나 씨의 약점인지 아닌지는 몰라요. 하지만 적어도 우리와 이 나라를 배신할 만큼 중요한 것이겠죠."

"『목적』이라……. 그게 뭔지는 말 안 했고?"

"안 했어요."

"그래……."

확실한 점은 엘레나 씨에게는『목적』이 가장 우선해야 사항이라는 것이었다.

"그걸 알면 편했겠지만, 모르면 됐어. 직접 물어보면 그만이야."

"……어떻게 하려고요? 엘레나 씨가 어디 있는지도 모르잖아요."

마족이니까 마족 나라에 있겠지만, 몇십 개나 되는 마족 나라에서 엘레나 씨를 찾기란 사막에서 바늘 찾기다.

상식적으로는 이번에 베고니아 왕국을 습격한 나라, 린도 제국에 있을 가능성은 크다.

하지만 엘레나 씨는 원래 펠릭스에게 정보를 넘길 예정이었다고 말했다.

정보를 파는 나라에 소속감을 가지지는 않은 듯했다.

그러니까 린도 제국에 있으리라는 보장도 없다.

"찾아낼 거야, 반드시. 설령— 베고니아 왕국 기사단을 나가는 한이 있어도."

"네?! 진심, 으로요?"

"그래, 진심으로."

유리나 씨의 흔들림 없는 결의.

방금도 느꼈지만, 이 정도일 줄은 몰랐다.

유리나 씨는 어릴 적부터 검을 잡아 보통 사람보다 훨씬 강해졌다.

그 노력은 베고니아 왕국 기사단에 들어오기 위해서였다고 들었다.

부모에게 강요받아 훈련하기도 했지만, 그래도 스스로 강해지기 위해 노력해왔다.

그리하여 수습 기사가 됐고, 예레 단장님의 이야기를 듣고 기사단에 들어오기로 결의했다.

그러기 위해 피땀 흘려 훈련했을 것이다.

그런데 지금, 그렇게 노력해서 들어온 기사단을 그만둬도 좋다고 말하고 있다. 다름 아닌 엘레나 씨를 위해서.

나도…… 각오를 해야겠군.


"그때는 저도 같이 기사단을 나갈게요."

그 말에 이번에는 유리나 씨의 눈이 휘둥그레졌다.

"나한테 맞춰줄 생각이라면 그만둬."

"아니에요. 저도 정한 거예요. 바보가 되겠다고."

방금 말을 따라서 하자 그녀는 입꼬리를 올리고 웃었다.

"그래? 너나 나나 똑같은 바보군."

"그러게요."

우리는 서로 얼굴을 마주 보고 웃었다.


내 결의는 옛날부터…… 태어난 순간부터 정해져 있었다.

—전부, 구한다.

전생에서 구하지 못했던 모든 것을 구한다.

그렇게 결의하고 아기일 무렵부터 훈련했다.

그리고 전생에서는 구하지 못했던 부모님, 아울린 마을, 그리고 티나를 모두 구해냈다.

그리고 전생과는 전혀 다른 인생을 걸어왔다.

베고니아 기사단에 들어온 것도 예상하지 못한 사건이었고, 설마 친구였던 크리스토가 왕자였다고는 상상조차 하지 못했다.

내 안에 있던 「모든 것」이란 전생에서 만난 사람들이다.

부모님, 티나, 마을 사람들, 크리스토, 이레네.

그들을 구하는 것이 태어난 순간부터 간직했던 나의 목적이었다.

그리고 마을 습격 사건, 펠릭스라는 자를 죽이면서 내 목적은 거의 완수했다.

전생에서는 펠릭스 때문에 마을이 파괴되고 부모님과 티나가 죽었다.

그 일을 계기로 베고니아 왕국이 멸망하여 나와 크리스토가 만났고, 우리는 둘도 없는 친구가 되었다.

크리스토에게 싸우는 법을 배우고 조금은 강해졌지만, 나는 또 지키지 못했다.

그렇게 친구까지 잃은 내가 만난 사람이 이레네였다.

이레네도 펠릭스 때문에 나라에서 도망쳐 나왔다가 나와 만났다.

그리고 우리는 연인이 되었고, 이제 더는 잃지 않겠다고 맹세했다.

그러나 내 힘이 부족해 또 소중한 사람을 잃고 말았다.

절망한 나는 자해했고, 과거로 돌아와 인생을 다시 시작하게 됐다.

이번 생에서는 절대로 잃지 않겠다.

그렇게 정했다.

그러니까, 전생에서는 없었던 새로운 인연, 엘레나 씨.

당신이 『목적』이라는 이름의 굴레에 사로잡혀 있다면.


─나는 반드시 구할 것이다.


어쩌면 그런 굴레 따위는 없을지도 모른다.

하지만 나는 바보가 되기로 마음먹었다.

방에서 함께 지냈을 때 보여줬던 즐겁게 웃는 얼굴을 믿는다.

나와 헤어질 때 보인 그 슬픈 얼굴을 믿는다.

바보처럼 믿고 당신을 구하겠다.

나는 이 인생을 오만하게 살기로 맹세했으니까.

"……어떡할까."

나는 펠릭스 오빠와 함께 살던 집 안에서 중얼거렸다.

오빠를 죽인 에릭 아울린이 이 마을에 오고 나서 약 일주일이 지났다.

에릭은 나라가 습격받았다며 마도구로 돌아갔고, 다른 일행도 마차를 타고 떠났다.

그때, 이 마을을 찾은 왕녀님과도 이야기를 나눴다.

내가 일방적으로 하고 싶은 말을 쏟아냈을 뿐이지만, 왕녀님은 진지하게 들어줬다.

일단, 왕녀님은 좋은 사람이라고 느꼈다.

자기 아버지를 굴복시키고 왕이 되어 억지로 혼인하려고 한 남자의 동생이지 않은가. 보통은 이야기를 듣고 싶지도 않을 텐데.

그런데도 왕녀님은 내 이야기를 끝까지 들어주고 돌아갔다.

그리고 나는 아직 이 마을에 남아있었다.

그 습격 이후, 마을은 장소를 옮겼다.

지금은 내 수호 마법도 있으니 더 공격받지도 않을 것이다.

이미 내가 이 마을에 있을 이유는 없었다.

오빠가 살아있을 때는 이 집으로 돌아올지도 모른다고 생각해서 쭉 이곳에 있었다.

하지만 이제 오빠가 이곳으로 돌아올 일은 없다.

그래서 앞으로 어떡할지 고민이었다.

이 마을에 있을 의미도 없어졌는데, 나는 이제 어디로 가야 할까.

딱히 갈 곳도, 할 일도 없었다.

오빠가 나를 구해준 날부터 오늘까지 오빠를 좇으며 살아왔다.

그런 오빠가 없어진 나는 어떻게 해야 할까.

침대에 누워서 생각하다 보니까 왠지 머리가 살짝 아팠다.

일단 기분전환 삼아 바깥 공기를 마시자.

나는 집을 나와서 근처를 어슬렁거렸다.

저녁이라서 해는 거의 저물었고, 주변에는 어스름이 깔렸다.

마을 녀석들도 이미 집으로 들어갔는지 밖에는 아무도 보이지 않았다.

내가 수호 마법 범위에서 나가면 이 마을은 마법의 보호를 받지 못한다.

이유도 없이 밖으로 나갈 생각은 없으니까 그 범위 안을 아슬아슬하게 걸었다.


이 나라의 왕도로 가는 것도 괜찮을지 모르겠다.

돈은 펠릭스 오빠가 벌어준 것이 있어서 꽤 여유가 있다.

에릭이나 그 왕녀님에게도 말했지만, 나도 한 번 더 나라의 표면과 이면을 돌아볼까?

오빠도 이 나라의 표면과 이면을 보고 왕이 되려고 했으니까 나도 같은 것을 보면 뭔가를 찾아낼지도 모른다.

아마 마을 녀석들은 말리겠지만, 내 알 바는 아니다.

약한 이 녀석들이 잘못이지.

자기 몸은 자기가 직접 지켜야 한다. 내가 지하 거리에서 살았을 때 유일하게 배운 점이다.

그렇게 생각하고 마을 주변을 걸으며 경치를 구경하는데, 멀리서 말이 달려왔다.

말에는 누군가 타고 있었다.

누굴까? 이런 시간에 혼자 말을 타고 달리다니.

이 마을로 오는 것 같지는 않았다.

어둡고 멀어서 잘 보이지 않지만, 시력이 꽤 좋은 나는 눈에 힘을 줘서 그 인물을 살폈다.

저 외모는…… 여성인가?

옷은 어두워서 제대로 안 보이지만, 얼굴로 보아 여자 같았다.

어디서 본 적이 있는, 기분이 들었다.

……어? 설마……!

나는 마을 수호 마법 범위에서 나갔다.

마을 수호 마법은 없어졌지만, 아랑곳하지 않았다.

빨리 달려가지 않으면 말이 지나쳐 버린다.

나는 마을에서 멀어지도록 달리는 그 인물을 향해서 소리쳤다.

"엘레나! 엘레나—!!"

그다지 빠르지 않은 다리로 필사적으로 쫓으며 그 이름을 외쳤다.

"잠깐만, 엘레나! 나야, 니나!"

내 목소리가 들렸는지 말이 속도를 늦췄다.

그리고, 멈췄다.

나는 거기까지 달려가서 도착하자마자 무릎을 짚고 고개 숙여 호흡을 가다듬었다.

"허억, 허억…… 엘레나 맞지?"

내가 외친 소리를 듣고 멈췄으니까 아마 맞겠지만, 일단 확인차 물었다.

숙였던 고개를 들고 말에 탄 인물의 얼굴을 봤다.

"……응, 맞아. 오랜만이야, 니나."

그 사람— 엘레나는 웃으며 대답했다.

그 급습으로부터 일주일이 지났다.

왕도 베고니아는 복구 작업에 힘을 쏟고 있었다.

파괴된 길을 정비하고 무너진 집과 가게를 재건하며, 하루라도 빨리 예전의 생활을 되찾으려고 사람들은 온 힘을 다했다.

기사단도 작업에 힘을 보태어 거리는 굉장히 빠르게 복구되어 갔다.

나처럼 마법을 못 쓰는 사람도 육체노동으로 도움을 줬지만, 역시 마법 사용자가 활약하는 상황이 많았다.

특히 비비아나 씨는 어디를 가나 대활약이었다.

건물 잔해처럼 무거운 물체도 바람 마법으로 간단하게 들어 올린다.

보통은 어른이 다섯 명 이상 붙어야 할 물체도 마법으로 척척 치워버렸다.

"휙휙~ 다들 힘내자~."

말 그대로 온 도시를 날아다니며 웃는 얼굴로 일을 돕는 모습은 사람들에게 큰 힘이 되었다.

"아아, 비비아나 님은 천사야……."

"나, 마법 기사단에 들어갈래. 마법은 못 쓰지만."

복구 현장에서 이런 말을 몇 번이나 들었는지 모른다.

급습이 있고 일주일이라는 짧은 시간밖에 지나진 않았지만, 복구는 약 80퍼센트나 진행됐다.

비비아나 씨와 안네 단장님, 그밖에도 마법 기사단의 우수한 인재들이 활약한 덕분이었다.

티나도 우수하고 외모도 제법 귀여워서 인기인이 됐다.

물론 나와 유리나 씨도 열심히 일했다.

깨어나고 며칠 동안은 몸 상태가 별로였지만, 일주일이나 지나자 거의 회복됐다.


도시 대부분은 고쳤지만…… 사람의 상처, 마음은 아직 낫지 않았다.

이번 습격으로 인한 사망자는 1만 명 이상, 행방불명은 3천 명에 이르렀다.

그만한 전투가 있었고, 50만 명 이상이 사는 이 왕도에서 그 정도 피해밖에 나오지 않은 것은 행운이었다.

기사단이 피난 유도를 빠르게 진행하고 적을 막아준 덕분이리라.

그리고 적들이 도시 정문과 뒷문으로만 쳐들어와서 일부 지역밖에 피해를 입지 않은 덕분이기도 했다.

하지만…… 만 명 이상이 희생된 것도 엄연한 사실이었다.

기사단에서도 수백 명의 피해자가 나왔다.

거리에서 잔해를 치우는 작업 도중, 몇 번이나 잔해에 묻힌 사람을 봤다.

죽은 사람이 대부분이고, 살아있는 사람은 열에 하나도 되지 못했다.

그리고 그 움직이지 않는 몸에…… 매달려서 우는 사람을 봤다.


이건 전부…… 그 싸움이 일어났기 때문이다.

다시 말해 엘레나 씨가 정보를 넘긴 탓이라고 할 수 있다.


엘레나 씨를 옹호할 생각은 아니지만, 아마 이 싸움은 피할 수 없는 필연이었을 것이다.

린도 제국의 왕도 베고니아 공격은 정해진 사항이었으니까.

베고니아 왕국은 인간족 나라 중에서도 강한 축에 속하며, 자원도 풍부하다.

이곳을 함락하면 다른 나라를 치는 것보다 훨씬 얻는 것이 많다.

강한 나라를 이기면 타국에 힘을 과시할 수도 있다.

전생에서 펠릭스가 노린 점도 그 부분일 것이다.

엘레나 씨의 정보가 넘어가자마자 행동에 나선 것은 이미 린도 제국이 준비를 했기 때문이리라.

하지만 부단장 비비아나 씨와 리베르트 씨가 있었으면 피해를 더 줄일 수 있었다.

그러니까 이렇게 피해가 커진 것은 틀림없이 엘레나 씨 탓이다.

유리나 씨와 복구 작업을 하던 때, 그녀도 아마 같은 생각을 했겠지.

얼굴에 그림자가 드리운 유리나 씨는 죽은 가족에게 매달려 우는 사람을 조용히 보고 있었다.

"이게, 엘레나 씨의 죄구나."

"……그러네요."

사망자가 1만 명 이상.

비비아나 씨와 리베르트 씨가 없다는 정보를 유출하지 않았다면 어쩌면 절반은 살았을지도 모른다.

"엘레나 씨가 했다고는, 생각하고 싶지 않아. 하지만 받아들일 수밖에 없어."

유리나 씨는 존경하는 인물이 벌인 참상을 믿고 싶지 않으면서도 눈앞의 광경을 가만히 바라봤다.

"나는 믿어. 엘레나 씨도 원해서 한 일이 아니라고."

"……"

"하지만 우리가 믿는 엘레나 씨가 사실은 거짓이고, 이 참상에 아무런 후회도 느끼지 않는 사람이라면—."

결연하게 각오한 눈으로 유리나 씨는 단언했다.

"—내가 엘레나 씨를 죽일 거야."

진지한 눈빛으로 말한 유리나 씨가 문득 쓸쓸하게 웃었다.

"내가 생각해도 심각하군. 믿는다고 말했다가 죽인다고 말했다가."

그 말도 맞았다.

그래도 유리나 씨의 결의는 굳건해 보였다.

그 싸움을 거친 유리나 씨는 부쩍 강해졌다.

"엘레나 씨를 믿기 위해서 바보가 되기로 했어. 하지만 내가 정말로 단순하고 멍청한 바보였다면…… 바보 나름대로 책임을 져야겠지."

유리나 씨는 가족을 잃고 우는 사람을 응시하며 그렇게 말했다.

그것이 자신의 죄인 것처럼 눈물을 참으며.


그 후, 나는 예레 씨에게 불려 갔다.

예레 씨의 집무실로 가자 예레 씨와 리베르트 씨가 있었다.

"안녕, 일주일만인가?"

"리베르트 씨, 오랜만이에요. 무사히 돌아오셨네요."

"그래, 별일 없었어."

나와 비비아나 씨는 급보를 받고 마도구로 먼저 왕도로 돌아왔다.

리베르트 씨와 크리스토는 그곳에서 마차를 타고 직접 왕도로 돌아온 듯했다.

왕도 습격이 알려져서 다른 나라를 돌아볼 상황이 아니었을 것이다.

두 사람만 남기고 돌아와서 조금 걱정했는데 무사히 돌아온 모습을 보니 안심이 됐다.

하지만…….

나는 리베르트 씨에게 머리를 숙였다.

"죄송합니다. 저는 돌아오고 얼마 싸우지도 못하고 전선에서 이탈했습니다."

크리스토, 그리고 리베르트 씨는 내가 돌아가야 한다고 판단했는데…….

그들의 믿음을 내가, 나 스스로가 배신하고 말았다.

"딱히 사과할 일은 아니잖아? 네가 못했을 정도면 내가 돌아왔어도 안 됐을 거야."

"……아닙니다."

그게 아니다.

그런 게 아니다.

나는 사적인 목적으로 전선을 벗어나고 말았다.

티나를 구하기 위해서 내 감정에 따라 움직이고 말았다.

원래대로라면 병사 한 명이 쓰러져도 나는 계속 싸워야 했다.

그래도…… 티나는 안 된다.

전생에서 잃었고, 현생에서 구한 티나.

피는 이어지지 않았지만, 가족이나 마찬가지인 티나가 쓰러져서 동요했다.

내 의무를 모두 내팽개치고 티나를 구하러 갔다.

그게 전부라면 티나를 구하고 바로 전선으로 복귀할 수 있었다.

하지만 그 후가 문제였다.

나는 엘레나 씨에게 져버렸다.

당한 이유는 엘레나 씨가 말한 대로였다.

『그래도 네가 돌아와서 다행이야. 리베르트 부단장이었다면, 어려웠어.』

『에릭은 착하니까 나랑 싸울 때 동요할 거라고 생각했어. 그래서 이렇게 쉽게 이겼고.』

내가 약하니까.

적이라고 판명된 엘레나 씨에게 아군이었을 때의 정을 버리지 못하고 방심한 탓에.

리베르트 씨라면 절대로 그러지 않았을 것이다.

그러니까 리베르트 씨가 돌아왔다면 마지막까지 전선을 지켰을 것이다.

내가 돌아온 건, 실수였다.

"저는 방심했어요. 리베르트 씨였으면 하지 않았을 실수로 전선을 이탈했습니다."

"……그래? 뭐, 다음부터 잘하면 되지."

리베르트 씨는 아직 머리를 숙인 내 어깨를 두드렸다.

"이야기는 들었어. 에릭, 기사단을 나가고 싶다며?"

"……네."

나는 고개를 들어 눈앞에 있는 두 사람을 봤다.

리베르트 씨는 옆에 있고, 예레 씨는 책상 앞에 반듯한 자세로 앉아있었다.

두 사람 다 내 진의를 살피려는 의도인지 똑바로 내 눈을 들여다 봤다.

"……결론부터 말씀드리면, 퇴역은 허가할 수 없습니다."

예레 씨가 그렇게 운을 뗐다.

"지금 기사단은 인력이 부족합니다. 다른 도시에서도 기사를 불렀지만, 도착하려면 아직 시간이 걸리겠죠."

"그런 상황에 너처럼 우수한 인재를 놔줄 수는 없다는 말이야."

"솔직히 말하면 그런 뜻이에요. 하지만……."

예레 씨는 내 눈을 보고는, 한숨 쉬었다.

"의지가 확고해 보이네요."

"……네, 죄송합니다."

허가하지 않아도 나갈 것이다.

지금까지 신세를 졌으니까 말이라도 한마디 하고 가는 게 예의라고 생각했을 뿐이었다.

"유리나 카슈팔 씨도 똑같이 퇴역을 신청했는데…… 당신들은 무슨 이유로 퇴역을 희망하는 거죠?"

"그건……."

말해도 될지 한순간 망설였지만, 사실을 말하기로 했다.

엘레나 씨가 배신자고, 적국에 정보를 넘겼다는 것.

그리고 엘레나 씨를 찾기 위해 여행을 떠난다는 것을.

"그랬군요. 그건 엘레나 밀우드 본인이 한 말인가요?"

"네, 본인에게 직접 들었습니다."

"그런가요……. 정보를 유출한 자가 있다고 생각해서 우리도 용의자를 뽑고 있었는데, 그 사람이었나요."

"나는 누군지 모르지만, 그 녀석이 정보를 넘겼어?"

아무래도 예레 씨도 정보를 유출한 인물이 있다고 예상한 모양이었다.

"엘레나 밀우드를 찾으려고, 기사단을 나가시겠다?"

"네."

"그럼 너, 딱히 퇴역할 필요도 없잖아?"

"그것도 그러네요."

"네……?"

지극히 개인적인 이유로 엘레나 씨를 찾으러 가겠다는데 퇴역하지 않아도 된다고?

대체 무슨 소리지?

"폐하와 향후 계획을 논의했습니다. 우리 베고니아 왕국은 린도 제국에 선전포고를 할 겁니다."

"선전포고?! 그렇다면……."

"네, 린도 제국과 전면전이 벌어집니다."

역시 그렇게 되나.

그런 만행을 부렸으니까 이 나라도 가만히 있지 않으리라고 생각했지만…….

"그리고 전쟁은 정보가 중요하죠. 이번 사건처럼요."

"……네."

베고니아 왕국과 린도 제국.

정면에서 충돌해 총력전을 펼치면 베고니아 왕국이 승리할 것이다.

하지만 이번 사건처럼 아무런 준비도 안 된 상태에서 허를 찔리면 패배할 가능성 또한 있다.

상대방의 정보를 얻고 우리의 정보를 넘기지 않는다. 한발 더 나아가 상대방에게 거짓 정보를 흘린다.

그런 정보전은 전쟁의 승패를 가를 만큼 중요하다.

"그래서 우리도 정보를 얻기 위해 린도 제국에 스파이를 보내야 합니다."

"……설마, 마족의 나라에 스파이를?"

"네. 그리고 그 스파이로—."

"당신과 유리나 씨를 임명하려고 합니다."

예레 씨의 말에 나는 놀라움을 감추지 못했다.

"스파이로, 저와 유리나 씨를요?"

"네."

"왜 우리죠?"

내 질문에는 리베르트 씨가 답했다.

"일단 단장인 예레와 안네는 안 되잖아? 그리고 이번처럼 나와 비비아나가 없으면 또 침공할 가능성이 있으니까 나와 비비아나도 제외. 그래서 지금 자유롭게 행동할 수 있는 병사 중에서 강한 사람을 뽑으면 너랑 유리나야."

"은밀한 행동이 가능하다는 것도 이유입니다. 에릭과 유리나 씨는 기척을 지우는 데 능하니까요."

그 말대로 나와 유리나 씨는 병사 중에서도 실력이 특출하게 뛰어났다.

기척을 지우는 기술도, 유리나 씨는 모르겠지만, 나는 특기였다.

"그래도 가장 큰 이유는 너희를 놔주기 싫다는 거지."

"솔직히 말하면, 맞아요."

"네……?"

리베르트 씨의 말에 예레 씨가 맞장구쳤다.

"에릭과 유리나 씨. 두 분은 무척 귀중한 인재입니다. 부단장인 리베르트와 같거나 그 이상의 실력을 갖춘 에릭은 물론이고, 유리나 씨도 다른 병사에 비하면 몇 단계는 우수한 실력을 갖췄어요. 그런 두 분이 빠지면 우리도 손실이 막심해요."

"게다가 전쟁을 앞두고 강한 녀석들이 손잡고 떠나면 난감하잖아?"

설마 이다지도 높이 평가할 줄은 몰랐다.

"그래도 저는 이번에 실수를……."

"실수 안 하는 사람도 있나? 그건 강하고 약하고의 문제가 아니야. 나도 젊었을 때는 실수만 하고 살았어."

"리베르트, 마치 지금은 실수하지 않는다는 듯한 말투네요."

"……지금보다 더 실수만 하고 살았어."

예레 씨가 살짝 눈을 흘기자 리베르트 씨가 고쳐 말했다.

"내가 말했지? 다음부터 잘하면 된다고. 그 다음이란 게 이 스파이 임무야."

"리베르트 말대로 이번에는 실수하지 않게 조심하세요."

스파이…… 처음 하는 일인데 내가 할 수 있을까?

"마족 나라, 린도 제국에서 스파이로 활동하며…… 그, 뭐였지?"

"엘레나 밀우드요."

"맞아, 그 엘레나란 녀석을 찾아도 돼."

"그, 그래도 되나요?"

리베르트 씨 말에 눈을 크게 떴다.

아무리 그래도 공과 사는 구분해야 하지 않나…….

"들키지만 마."

"네? 누구한테요?"

"그야 단장인 예레나 나한테."

"벌써 들켰잖아요?"

얼굴을 맞대고 이야기하면서, 그것도 본인들이 이야기를 먼저 꺼 냈으면서 어떻게 들키지 말란 말인가.

예레 씨를 보자 어이없다는 양 한숨을 쉬었다.

"스파이 활동에 지장이 없는 정도라면 문제없겠죠."

"괜찮나요?"

"그 조건으로 당신들이 퇴역하지 않는다면 괜찮습니다."

"가, 감사합니다……!"

머리를 숙여 감사의 뜻을 전했다.

이렇게 공사를 혼동해도 된다는 명령이 또 있을까?

"다른 사람한테는 말하지 마. 뭐, 이번에는 비비아나가 없으니까 괜찮겠지."

"그러네요. 정보가 유출된 원인은 그 사람일 가능성이 크니까요."

마법 기사단 부단장인데도 이렇게 믿음이 없다는 게 대단하다.

아니, 확실히 실력은 좋지만, 그 외에는 좀……

비비아나 씨가 정보를 유출했을 때 엘레나 씨도 그 자리에 있었으니까 아마 정말로 그 사람 때문이겠지.

"몇 가지 질문을 해도 될까요?"

"네, 하세요."

"유리나 씨에게는 이미 말하셨나요?"

"아뇨, 아직 안 했습니다. 이제 불러서 전달하려고요."

그럼 아직 모르나.

그래도 유리나 씨라면 거절하지 않겠지.

이 나라를 위해 일하면서 엘레나 씨를 찾을 수 있다면 그게 최선이다.

"스파이는 저와 유리나 씨 두 명인가요?"

"아뇨. 마법 기사단에서 한 명 더 인원을 보낼 예정입니다. 안네 단장이 선별하는 중이에요."

"그런가요."

검사 두 명만 가는 것보다 마법사가 한 명이라도 있는 편이 낫긴 하다.

게다가 스파이 활동에 어울리는 마법도 있을지 모른다.

"출발일은 언제죠?"

"당신들의 상처도 아직 완치되지 않았겠지만, 이번 건은 이를수록 좋습니다. 그러니까 늦어도 일주일 후에는 출발하세요."

"……알겠습니다."

내가 대답한 순간, 뒤쪽에서 노크 소리가 들렸다.

"예레, 나야."

"들어오세요."

여자 목소리를 듣고 예레 씨가 입실을 허가했다.

문을 열고 나타난 사람은 안네 단장님이었다.

"당신이 에릭 아울린이구나?"

"아, 넷."

"일단 내 소개부터 할까? 마법 기사단 단장인 안네 벤딕스야."

"에릭 아울린입니다. 만나 뵈어서 영광입니다."

가벼운 인사를 나누고 안네 단장은 예레 씨에게로 돌아섰다.

"선별 끝났어."

"알겠습니다. 누굴 뽑으셨죠?"

"알면서."

"확인은 해야죠."

예레 씨가 피식 웃자 안네 단장님은 한숨을 쉬면서 들어온 문을 봤다.

"들어와."

안네 단장님이 말이 떨어지자 열린 문으로 사람이 들어왔다.

나는 그 인물을 보고 무심코 소리를 내고 말았다.

"티나……!"


최근에는 서로 바빠서 통 만나지 못했다.

전에는 식당에서 얼굴을 마주치기도 했지만, 지금은 거리 복구에 힘쓰느라 함께 식사하지 못하는 날이 늘었다.

오랜만에 만났다고 해 봤자 마지막으로 만난 것이 고작 사흘 전.

그다지 긴 시간은 아닐 텐데 나와 티나는 마을에 있을 무렵 하루도 만나지 않은 날이 없었다.

크리스토 호위로도 사흘간 만나지 못했으니까 정말로 오랫동안 보지 못한 기분이 들었다.

아니, 지금 나와 티나가 만나지 못했다는 이야기는 중요하지 않다.

설마 안네 단장님이 뽑은 스파이 후보가 티나일 줄은 생각지도 못했다.

티나는 방으로 들어와서 예레 씨와 리베르트 씨에게 고개를 숙였다.

"티나 아울린이에요. 잘 부탁드립니다."

이름을 말할 때 왠지 히죽거렸지만, 금방 표정을 고치고 인사했다.

"아울린? 에릭과 같은 성이라면, 남매인가? 아니면 결혼이라도 했어?"

"그게, 혈연은 아니지만, 남매 비슷한 거예요."

리베르트 씨의 의문에 어물어물 대답했다.

막상 물으면 설명하기 난감했다.

우리 마을에 그런 전통이 있다는 것뿐이지만.

"결혼, 부부…… 후훗."

티나가 왠지 아까보다 더 히죽대는 느낌이 든다.

"리베르트, 전에 이 두 분에 관해서 설명한 것으로 기억하는데요?"

"그랬나? 기억이 안 나네."

예레 씨가 또 눈을 흘겼지만, 리베르트 씨는 전혀 아랑곳하지 않았다.

그 모습을 보자 리베르트 씨는 그런 설명을 수시로 까먹나 보다.

예레 씨가 조용히 한숨 쉬고 티나를 정면으로 봤다.

"오랜만이네요, 티나 양"

"네, 늘 신세지고 있어요."

"이번 스파이 임무는 갑작스럽게 나온 이야기인데, 괜찮나요?"

"네! 최선을 다하겠습니다!"

그 물음에 티나는 활기차게 대답했다.

"당신의 실력은 저도 압니다. 하지만 이번 임무는 은밀한 행동이 요구돼요. 도움이 될 만한 마법을 배웠나요?"

그렇다. 이번 임무의 목적은 전투가 아니다.

전쟁에 대비해 정보를 수집하거나 훔치는 임무.

티나의 마법은 분명히 강력하지만, 스파이 활동에 맞는 마법은 배우지 않았을 것이다.

적어도 마을에 있을 때 나는 알려주지 않았다. 정확히는 알려주지 못했다.

마법에 의존하지 않고 직접 기척을 없애는 방법은 알려줬지만.

"그 부분은 걱정 마, 예레."

예레 씨의 질문에 안네 단장님이 끼어들었다.

"이번 임무에 도움이 될 마법은 거의 전부 가르쳤어. 쓸 수 있다는 건 내가 확인했으니까 문제없어."

"그래요? 안네가 그렇게 말하면 문제없겠네요."

안네 단장님이 직접 전수했나 보다.

역시 티나에게 마법 재능이 있다는 뜻이겠지.

아직 마법 기사단에 들어온 지 한 달밖에 지나지 않았는데 마법 위력은 더 올랐고 다양한 마법을 익혔다.

나도 티나에게 뒤처지지 않게 더 노력해야지.

"그럼 이번 임무는 에릭 아울린, 티나 아울린, 유리나 카슈팔 세 명이 수행합니다. 괜찮겠지요?"

"예!"

"네…… 감사합니다."

둘이 함께 수락한 후 나는 이어서 머리 숙여 감사를 전했다.

티나가 옆에서 살짝 당황한 것이 느껴졌다.

왜 내가 감사하는지 이해가 되지 않아서겠지.

"감사는 임무를 마치고 해주세요."

"네, 그러겠습니다."

그렇다. 아직 아무것도 하지 않았고 끝나지 않았다.

앞으로 해야할 일이 산더미처럼 있다.

"이번 임무는 당연히 극비사항입니다. 아무한테도 발설하지 마세요."

"네, 명심하겠습니다."

"명심하겠습니다!"

"비비아나가 없으니까 이번엔 괜찮겠지, 뭐."

"그러게. 그 아이는 내가 따끔하게 벌을 줬어."

안네 단장님이 의미심장하게 웃으며 그렇게 말했다.

벌이라고? 비비아나 씨는 무사한 걸까……?

그 사람은 마법 실력 말고는 나사가 빠졌으니까 그 정도는 해야 알아들을지도 모르지만.

"그럼 유리나 카슈팔 씨에게도 설명해야겠네요. 두 분은 이제 돌아가셔도 됩니다. 내일부터는 이번 임무에 관해 자세히 논의하고 싶네요."

"알겠습니다. 언제든지 불러주세요."

"알겠습니다! 그럼 실례할게요!"

예레 씨가 말한 대로 나와 티나는 인사를 하고 집무실을 나왔다.

◇ ◇ ◇

에릭과 티나 양이 나가고 내 집무실에는 두 사람이 남았다.

"그래서, 저 에릭이란 애는 쓸 만해?"

안네가 나에게 물었다.

"네. 강합니다."

"흐음, 관두고 싶다는데 굳이 붙잡을 필요 있어? 싸울 각오가 없는 사람은 있어봤자 방해만 돼."

"저 녀석은 각오가 없는 게 아니야."

리베르트는 벽에 등을 기댄 채로 말했다.

"그냥 우리와는 다른 각오를 하고, 거기에 따라서 기사단을 나가려고 했을 뿐이지."

"흐음, 무슨 각오인데?"

"예레, 설명해줘."

리베르트는 귀찮은지 나에게 바통을 넘겼다.

작게 한숨을 쉬고 방금 에릭에게 들은 이야기를 안네에게 설명했다.

"배신한 엘레나 밀우드를 찾으러 간다고? 그런 이유로 퇴역하려고 했어? 바보야?"

"그래, 바보지."

"만나서 어쩌려고? 배신자를 응징하러 가겠다는 거야?"

"아뇨. 그들은 엘레나 밀우드의 진짜 마음을 알고 싶다고 합니다."

"잘은 모르겠지만, 그걸 허락했어?"

"네. 그가 퇴역하면 우리가 곤란하니까요."

안네는 머리를 손으로 짚고 깊은 한숨을 내쉬었다.

"아무리 리베르트를 능가하는 실력자라도 그렇지, 특별대우에도 정도가 있어."

그건 그렇다.

베고니아 기사단의 역사를 통틀어도 유례없는 특별대우일 것이다.

나와 리베르트는 에릭에게 그만한 가치가 있다고 생각한다.

안네가 에릭의 실력을 직접 보지 못했으니까 이해하지 못해도 어쩔 수 없다.

그래서 불만을 늘어놓기는 하지만, 에릭이 빠지면 안네도 곤란하기는 매한가지다.

"안네, 에릭이 나가면 틀림없이 티나 양도 나갈 거예요."

"뭐?! 왜……?"

"티나 양은 에릭의 옆에 서는 게 목표예요. 에릭이 없으면 마법 기사단에는 볼일이 없겠죠."

"……."

"아무리 단장인 당신이 말려도 절대로 안 들을 겁니다."

내가 그들의 마을에 갔을 때, 티나 양은 나에게 이렇게 말했다.

『저는 에릭 옆에 서고 싶어요. 그러니 바로 마법 기사단에 들어가고 싶어요.』

아마 그녀는 에릭을 좋아한다. 지키는 것을 넘어서 대등한 입장에서 함께 싸우고 싶다고 바라는 사람이다.

에릭이 퇴역해서 이 나라를 떠난다면 그녀가 따라가지 않을 리 없다.

"에릭이 퇴역하면 곤란한 사람은 당신도 마찬가지예요. 티나 양의 실력을 보고 아깝다고 생각하지 않나요?"

"……그래. 그 실력은, 아깝네."

"안네가 티나 양에게 내린 평가가 나와 리베르트가 에릭에게 내린 평가라고 생각해 주세요."

에릭이 기사단 최강인 리베르트를 뛰어넘었듯이.

티나 양이 마법 기사단 최강인 비비아나를 뛰어넘는 재능을 품었듯이─.

"알았어. 그렇다면 잘 판단했네."

"유리나도 제법 강해. 그 녀석도 빠지면 곤란한 인재지."

사람의 이름을 잘 외우지 못하는 리베르트도 강한 사람의 이름은 잘 외운다.

유리나 씨와는 전에 싸운 적이 있어서 외우고 있나 보다.

"그러면 됐어. 아무튼 배신자 이름이 엘레나 밀우드라고 했나? 그건 확실해?"

역시 그게 신경 쓰이겠지.

에릭은 그렇게 말했지만, 곧이곧대로 믿을 수는 없었다.

제대로 확인을 거쳐야 한다.

"제가 조사한 범위에서 배신자로 의심되는 인물은 몇 명 있었습니다. 그중에 엘레나 밀우드도 있었죠."

"그래? 그럼 확정인가?"

"아직은 모르겠군요. 더 조사해봐야 해요."

"귀찮네. 이래서 신상을 캘 수 없는 사람은 받아주면 안 된다는 거야."

안네는 내 책상 위에 있는 서류를 보면서 말했다.

신상을 캘 수 없다는 건 정체를 알 수 없다는 뜻.

안네가 하는 말은 정체가 확실한 자만 기사단에 들여야 한다는 뜻이었다.

배신자일 가능성이 있는 몇 명은 이와 같이 정체가 확실하지 않은 자들이었다.

엘레나 밀우드도 그중 한 명이었다.

"마법 기사단은 신상을 알 수 없는 사람에게 입단 허가를 내리지 않아. 기사단도 그렇게 하면 이렇게 배신자가 나오지도 않았을 거야."

"그러네요. 그 말이 맞아요."

"이번 기회에 그런 자들을 내보내는 게 어때?"

이번 전투도 엘레나 밀우드를 입단시키지 않았다면 벌어지지 않았을지도 모른다.

배경을 알 수 없는 인물을 입단시킬 때는 정말로 조심하지 않으면 또 이런 불상사가 발생할 위험이 크다.

그래도 신상을 알 수 없는 자도 받아준다는 방침은, 내가 단장으로 있는 한 이어나갈 수밖에 없다.

　왜냐하면―.


"―그러면, 저도 기사단을 나가야겠네요."


"……아니! 아니, 내 말은…… 그런 뜻이 아니라……."

내 말을 들은 안네는 말문이 막혔다.

조금 심술을 부리고 말았다.

"아뇨, 괜찮습니다. 저도 알아요."

"……미안."

"저야말로 미안합니다."

집무실에 불편한 침묵이 깔렸다.

"예레, 나랑 안네는 이제 갈게."

"그, 그래. 이만 가볼게."

침묵을 깬 사람은 지금까지 입을 다물고 있던 리베르트였다.

"네, 수고하셨어요."

"오냐, 너도 푹 쉬어."

"수고했어. 다음에 봐."

두 사람이 집무실에서 나가고 복도에서 희미하게 목소리가 들렸다.

『으이구, 하필 말을 해도.』

『으…… 너무 그러지 마. 나도 잘못했다고 생각하니까.』

본의 아니게 엿들은 대화에 입꼬리가 살며시 올라갔다.

리베르트가 눈치있게 대응해줬다.

본인도 익숙하지 않은 일을 했다는 자각은 있겠지만.

나는 그 후로도 집무실에서 업무를 이어 나갔다.

드디어 돌아왔다.

3년이나 베고니아 왕국에서 병사로 지내느라 정말로 오랜만에 돌아왔다.

병사에게도 장기 휴가는 있지만, 의심받지 않으려고 의도적으로 돌아오지 않고 지냈다.

빨리 만나고 싶다.

3년이나 만나지 못했으니까 우선 건강하게 지내는지 알고 싶다.

걱정했다.

그리고 그 애에게도 걱정을 끼쳤을까?

이 나라 귀족 거리에 있는 거대한 저택.

그 저택의 지하에 그 애가 있다.

"이봐, 엘레나."

내가 만나고 싶은 인물의 방으로 걸음을 재촉하는데 옆에서 신경을 거스르는 목소리가 들렸다.

무시하고 가고 싶지만, 그럴 수도 없는 노릇이었다.

멈춰서 싫은 표정을 숨기지 않고 그자를 노려봤다.

"……왜? 나 바쁜데."

"빨리 만나고 싶은 마음은 이해하지만, 너에게 몇 가지 확인하고 싶은 게 있어."

친한 척 이름을 부르지 마라.

역겹다.

네까짓 게, 나의 소중한 사람이 붙여준 이름을.

"그 녀석은 무사해. 걱정할 필요 없어."

"무사하지 않으면, 널 죽일 거야."

"후후후. 무섭군, 무서워."

눈앞의 남자는 내 살기를 느끼고도 태연히 웃었다.

귀족 특유의 뒤룩뒤룩 살찐 배와 턱살이 보기 흉했다.

이 녀석은 강하지 않다.

숨겨둔 무기를 뽑으면 당장 이 자리에서도 죽일 수 있다.

하지만 이 녀석은 내가 자기를 죽이지 않을 거라고 확신하고 있었다.

죽이지 않는 게 아니다. 죽일 수 없는 거다.

"빨리 용건만 말해. 너랑 대화할 만큼 나는 한가하지 않아."

"알아. 그럼 무슨 얘기부터 할까……."

엷은 미소가 사라지고 남자가 나를 노려봤다.

"너— 배신했지?"

그 말에 심장이 잠깐 철렁했지만, 아무렇지 않은 척 받아쳤다.

"무슨 배신? 나는 시키는 대로 정보를 보냈을 뿐인데."

"그 정보가 잘못됐거나, 고의로 중요한 다른 정보를 빼먹지 않았느냐는 말이야."

……평정심을 유지해라.

이 녀석에게 들키지 마라.

짜증나는 녀석이라도 이 나라의 중진을 맡은 귀족이다.

괜찮다고 생각하지만, 동요를 표정에 드러내지 마라.

"무슨 근거로?"

"네 정보가 맞았다면 그 싸움에서 졌을 리 없어."

……급격하게 힘이 빠졌다.

역시 이 녀석은 전투에 관한 건 아무것도 모르나.

"하아, 진지하게 하는 소리야?"

"진지하고말고. 그 싸움에서 이기기에 충분한 병력이었어."

충분?

그게 어디가 충분하다는 말인가.

"내가 본 광경은 최강의 병사 두 명이 빠진 기사단을 상대로 패주할 뻔한 오합지졸인데."

"뭐라고?"

"오히려 나한테 고마워해. 내가 돕지 않았으면 베고니아 왕국에 별다른 타격도 못 주고 전투가 끝났을 거야."

이건 사실이다.

내가 일으킨 대폭발이 없었다면 그 전투는 베고니아 왕국의 압승으로 끝났다.

"흠, 조사하면 사실인지 아닌지 다 알 수 있다만?"

"해 봐. 내킬 때까지 조사해."

이 남자는 정보를 다양한 방면으로 얻고 있었다.

여러 정보를 취합해 진위를 판단하기 위해서였다.

내가 넘긴 정보도 무작정 믿지는 않았을 것이다.

"그럼 그건 넘어가지. 하지만 하나 더. 이번 전투에서 리베르트 코랄레스가 아닌 강력한 검사가 있었다더군. 너한테는 그런 정보를 못 받았는데 말이야?"

그 말에 다시 심박이 빨라졌다.

고의로 빼먹은 정보란 바로 그것.

에릭에 관한 정보였다.

"아, 깜빡했어. 짜증나는 얼굴을 보고 마음이 좀 심란했거든."

"헛소리는 그만. 우선, 그 녀석은 누구지?"

똑바로 나를 바라보는 그 자식의 아니꼬운 얼굴.

아마 이미 정보는 얻었겠지.

그러니까 여기서 거짓말을 해도 의미가 없다.

"에릭 아울린. 한 달 전에 기사단에 들어온 신참이야."

"한 달 전이라고? 그게 사실이야?"

그 정보는 얻지 못했나?

사실은 알고 있으면서 연기를 하는 건지도 모른다.

"단장인 예레미아스 아스타라가 직접 추천해서 수습 기간을 거치지 않고 기사단에 들어온 이례적인 신인이야."

한 명 더, 수습 기간 없이 마법 기사단에 들어간 사람도 있지만, 내 입으로는 말하지 않는다.

"흠…… 그래?"

"이제 가도 되지? 에릭 아울린의 정보를 알고 싶으면 나중에 말할게."

"좋아. 하지만 다음에는 더 빨리 정보를 넘겨."

"알았어, 알았다고."

겨우 이야기를 끝내고 그 애의 방으로 가려고 했다.

"배신한 증거는 없지만, 배신하지 않았다는 증거도 없다는 것 기억해."

"알았다니까."

"가장 중요한 정보를 넘기지 않았다는 것도 나는 알아."

나는 뒤쪽에서 들리는 말을 한쪽 귀로 흘려버리며 그 자리를 떠났다.


저택의 지하.

그 애는 그곳의 가장 안쪽 방에 있었다.

지하라도 귀족 저택이라서 그런지 아주 어두운 분위기는 아니었다.

평민의 일반 가정과 비슷한 그곳에 그 애는 감금되어 있었다.

방에 도착해 문을 두드렸다.

"네~."

변함없는 목소리를 듣고 저절로 웃음이 올라왔다.

문을 열자 침대에 누워있던 그 애는 나를 보고 웃음꽃을 활짝 피웠다.

그 애가 침대를 내려와서 내게 달려온다.

그리고 내 품으로 뛰어들어 안겼다.

나는 다정하게 안아주며 그 애의 이름을 불렀다.

"다녀왔어, 엘셰."

내 가슴에 얼굴을 묻은 아이는 내 얼굴을 올려다보며 웃는 얼굴로 말했다.

"어서 와, 오빠!"

HE CHALLENGES THE FIGHT FATEFULLY,

He lost all his important things. As he respawn, he aims for the invincibility to save everything.

제 4 장 ┃ 복구

예레 단장님에게 스파이 임무를 명받은 다음 날.

나는 한 달 동안 기사단원으로 지내며 몸에 밴 기상 시간에 눈을 떴다.

왕도 기사단의 기숙사는 저번 전투의 피해를 거의 받지 않았다.

그래서 나는 평소에 쓰던 방에서 평소대로 일어나 외출 준비를 했다.

다른 점은 하나뿐.

옆 침대에 엘레나 씨가 없다는 것이었다.

내가 눈을 떴을 때는 엘레나 씨가 반드시 먼저 일어나 있었다.

한 번은 「왜 항상 그렇게 일찍 일어나는가?」라고 물어봤다.

"으음, 어릴 적부터 습관이라서?"

엘레나 씨는 웃으면서 그렇게 말했다.

그 웃음이 진짜였는지 가짜였는지 모르겠다.

이제 그 사람의 상쾌한 「잘 잤어?」는 들을 수 없다.

조금 울적한 기분으로 준비를 마치고 아침을 먹으러 나갔다.


식당은 많은 사람으로 북적였다.

기사단과 마법 기사단뿐 아니라 일반 백성까지 있기 때문이었다.

집을 잃은 사람들은 이곳에서 식사를 했다.

전투 때문에 집에서 지낼 수 없는 사람에게는 나라의 지원으로 임시 숙소와 식사가 제공되고 있었다.

왕도는 비축된 자원이 풍부하고 다른 도시에서도 물자를 보내므로 굶어 죽는 사람은 나오지 않을 것이다.

침공을 받고도 이토록 안정적인 체제가 유지되는 나라는 전 세계에서도 얼마 되지 않으리라.

"안녕, 에릭."

"응. 안녕, 티나."

항상 앉는 테이블로 가자 티나와 유리나 씨가 와 있었다.

나를 기다려줬나 보다.

"안녕. 나도 예레 단장님께 이야기는 들었어."

"안녕하세요. 들으셨군요. 그렇다면……."

"그래, 퇴역하지 않고 임무를 맡으려고 해."

우리는 서로 고개를 끄덕였다.

아마 같은 설명을 받았겠지.

임무에 지장이 없는 범위에서 엘레나 씨를 찾으면 된다고.

"티나는……."

"괜찮아, 유리나. 나도 아니까."

유리나 씨가 설명하려고 하지만, 티나가 말을 끊었다.

"제가 어제 알려줬어요."

"……그래? 그럼 티나, 거두절미하고 말할게. 우리와 같이 그 사람을 찾아줄 수 없을까?"

나와 유리나 씨는 함께 퇴역해서 찾자고 말했지만, 티나는 그 자리에 없었다.

아니, 사실 그 자리에는 있었지만, 다쳐서 잠들어 있었다.

그래서 유리나 씨는 진지한 눈빛으로 부탁했다.

"물론 괜찮지. 나도 엘레나 씨가 그런 사람이 아니라고 생각하니까."

"……고마워."

티나는 웃으며 승낙했다.

유리나 씨도 덩달아 미소 지었다.

"게다가 내가 한참 못 깨어난 이유가 엘레나 씨 때문이라며? 한 대 때려도 뭐라고 안 하겠지?"

"후후후, 그래. 나도 한 대 정도는 때려야지."

그렇게 웃으며 우리는 아침을 먹었다.

그리고 식사를 마치고 각자 일을 하러 갔다.

티나와 유리나 씨는 복구 작업을 도우러 거리로 나간다고 했다.

나는 오전에 훈련을 하기로 했다.

대부분의 기사단 병사가 복구를 도우며 교대로 훈련하고 있었다.

그러지 않으면 실력이 녹슬기 때문이었다.

우리의 스파이 활동이 끝나면 대규모 전쟁이 벌어질 가능성이 있었다.

그러니까 그때에 대비해서 병사의 능력을 높여야 했다.

훈련장으로 가서 수백 명과 훈련을 개시했다.

모두 진지하게 최선을 다하고 있었다.

침공 전과는 달리 절박한 분위기마저 감돌았다.

"왔냐, 에릭."

"음? 아, 누군가 했네. 아저씨였어?"

나도 후리기 연습을 하는데 뒤에서 아저씨가 말을 걸었다.

기사단 첫 훈련 이후로 종종 아는 척하는 아저씨였다.

최근에는 훈련 시간이 맞지 않는지 그다지 만나지 못했다.

"오랜만에 같이 훈련하자."

"그래, 좋아."

우리는 마주 보고, 싸움을 시작했다─.


"크하~! 역시 강하구나, 너!"

"……뭐, 그럭저럭."

땀범벅이 된 아저씨가 땅에 대자로 뻗으면서 자연스럽게 휴식에 들어갔다.

몇 차례 싸웠지만, 한 번도 지지 않고 끝났다.

엘레나 씨에게 당한 어깨의 상처는 움직이는 데 거의 지장이 없는 상태까지 회복됐다.

만반의 태세로 스파이 임무에 착수할 수 있다.

그리고 엘레나 씨를 찾은 나는…….

"왜 그래? 이상한 표정으로."

쓰러진 아저씨가 바닥에 앉으며 아래에서 내 얼굴을 들여다봤다.

"아니, 그냥."

"……엘레나 때문이야?"

"윽?! 어, 어떻게……!"

어떻게 아저씨가 엘레나 씨 일을……!

엘레나 씨가 배신자라는 건 우리와 단장, 부단장밖에 모를 텐데.

"모를 수가 있냐? 너는 엘레나랑 친했잖아. 행방불명자 명단에 친구 이름이 있으면 누구든 착잡하겠지."

아, 아아, 그런 말이구나.

아저씨는 엘레나 씨가 죽었다고 생각하나.

행방불명자는 살아 있을지도 모르지만, 대부분 시체가 발견되지 않았을 뿐이다.

그래서 일단 행방불명자로 분류된 엘레나 씨가 죽었다고 착각한 것 같다.

"……비슷해."

진실을 말할 수는 없어서 대충 얼버무렸다.

"나도 충격이었어. 그렇게 귀여운 애가……."

"아저씨, 엘레나 씨는 남자라고 말하지 않았던가?"

"남자라도 귀여우면 괜찮아."

"괜찮긴 뭐가 괜찮아, 이 변태야."

엘레나 씨는 임무때문에 거리에 나갔을 때도 아저씨 같은 변태에게 엮이고는 했다.

"한 번 그 애랑 이야기를 나눌 기회가 있었을 때, 엄청 질문을 퍼부었거든. 쩔쩔매는 얼굴이 귀여웠어."

"징그러워, 아저씨."

"닥쳐. 엘레나가 귀여운 게 잘못이지."

그때 일을 떠올렸는지, 아저씨는 징그럽게 실실 웃었다.

그나저나, 질문이라……. 나는 엘레나 씨에 관해서 거의 물은 적이 없었지.

"뭘 물었어?"

"응? 아, 상투적인 질문이었어. 가족 구성원이라거나 좋아하는 사람은 있냐, 사귀는 사람은 없냐, 뭐 그런 거……."

"물어본 내가 바보지."

뭔가 정보가 되지 않을까 싶어서 물어봤지만, 괜히 말했다.

"쩔쩔매는 표정은 귀여웠는데 출신을 물었을 때는 한순간 무서운 표정을 지었어."

"엘레나 씨는, 뭐라고 대답했어?"

엘레나 씨의 출신. 그것을 알면 엘레나 씨를 찾는 실마리가 될지도 모른다.

린도 제국밖에 후보가 없는 현재로선 그것만으로 큰 진척이다.

"으음, 나라 이름인지 도시 이름인지는 모르겠지만, 첫 글자는 『하』라고 했어. 『그것 말고는 비밀』이라면서 웃었는데, 그게 또 엄청 귀여웠지."

"응. 징그러워, 아저씨."

"그걸 힌트로 조사해 봤는데 『하베나 왕국』이나 『하마유』라는 도시가 있더라. 그중 하나겠지."

"그걸 또 굳이 조사했어? 그쯤 되면 스토커야, 아저씨."

『하』로 시작하는 나라나 도시……

그게 사실인지 아닌지 모르지만, 참고삼아 기억해 두자.

아저씨가 거론한 곳은 둘 다 인간족 영토일 것이다.

엘레나 씨는 마족이니까 거기에는 없다고 봐도 무방하다.

설마 아저씨에게 엘레나 씨의 힌트를 얻을 줄은 생각지도 못했다.

아저씨의 변태 행각에도 조금은 감사해야겠다.

"무서운 표정을 지었을 때도 왠지 귀여운 얼굴과 다른 반전이 있어서 매력적이었지. 그런 귀여운 애가……."

역시 안 해도 되겠지. 징그러우니까.

그나저나 『하』라…… 응? 잠깐만, 설마……!

『하루지온 왕국』— 내 전생의 연인 이레네가 있는 나라인가……?!


아저씨에게 의도치 않게 얻은 정보. 엘레나 씨가 있을지도 모르는 나라.

첫 글자가 『하』인 나라나 도시가 한두 군데는 아니겠지만, 하루지온 왕국도 그 후보에 들어간다.

설마 그 나라에 엘레나 씨가 있나……?

엘레나 씨는 정보를 넘겼지만, 모국에 넘겼다고는 하지 않았다.

즉, 린도 제국이 모국이라고 단정할 수 없었다.

심지어 엘레나 씨는 원래 내가 죽인 펠릭스에게 정보를 넘길 예정이었다고 말했다.

그 이유는 가장 비싸게 사주기 때문이라고.

그러니까 베고니아 왕국을 침공한 린도 제국에는 별다른 소속감이 없다는 뜻.

엘레나 씨가 어디에 있는지 짐작도 못 했지만…….

하루지온 왕국이나 그 외에 『하』로 시작하는 마족 영지.

제대로 조사하고 출발하는 편이 좋겠다.

"에릭!"

"응?! 왜?"

"아니, 네가 갑자기 불러도 대답이 없어서."

"아, 미안. 딴생각을 하느라."

아저씨가 내 앞에 서서 불렀나 본데 전혀 깨닫지 못했다.

"엘레나 일로 상심한 건 알지만, 정신 똑바로 차려야 해."

"……알아. 고마워, 아저씨."

아저씨에게는 엘레나 씨가 살아있다고, 배신했다고 말할 수 없었다.

하지만 엘레나 씨가 있는 곳의 힌트를 줬으니까 일단 감사를 전했다.

끈질기게 물어보는 아저씨 때문에 난감해하는 엘레나 씨를 생각하자 살짝 웃음이 나왔다.

"그런데 너, 언제까지 나를 아저씨라고 부를 거야?"

"뭐 어때? 이미 입에 붙었어."

"아직 아저씨라고 불릴 나이는 아닌데……."

아저씨는 한숨을 쉬며 투덜댔다.

"설마 그렇진 않겠지만, 내 이름을 모르는 건 아니지?"

"……"

"야, 장난치지 말고."

"아저씨, 나는 잠깐 혼자서 훈련할게."

"인마, 말해 보라니까."

대충 얼버무리자 아저씨는 나를 두고 떠났다.

아니, 사실 나도 안다니까?

그냥 부르지 않을 뿐이지.

……나중에 유리나 씨에게 물어보자.

응, 맞는지 확인할 뿐이야.


그 후, 잠시 혼자서 검을 연습하는데 또 누가 다가왔다.

뒤돌아서 그 사람을 본 나는 눈을 크게 떴다.

"리베르트 씨……!"

"안녕, 준비는 잘돼?"

거기에는 기사단 부단장 리베르트 씨가 서 있었다.

오른손에 목도를 쥐었고 이마에는 땀방울이 맺혔다.

아마 조금 전까지 가벼운 훈련을 하고 있었나 보다.

"네. 리베르트 씨도 훈련을 하네요?"

"나를 뭘로 보고 하는 소리야? 이래 봬도 훈련은 안 빼먹어. 일은 빼먹지만."

"당당하게 할 소리는 아니지 않아요?"

일도 빼먹으면 안 되죠.

그래도 리베르트 씨 수준의 실력은 재능만으로는 도달할 수 있는 영역이 아니다.

그만큼 훈련을 했을 테고, 실력을 유지하기 위해서도 나날이 노력을 게을리하지 않을 것이다.

그렇다고 일을 빼먹어도 된다는 건 아니지만.

"에릭, 오랜만에 한판 붙자."

"……!"

리베르트 씨와 싸울 기회……!

정말로 오랜만이다.

내가 기사단에 들어오고 첫 훈련에서 싸운 이후 처음이다.

그때는 리베르트 씨가 부단장인 줄 몰라서 무슨 생각을 하는지 모르는 아니꼬운 사람이라고 생각했다.

그도 그럴 게 싸움이 시작되자마자 술을 마시는 이상한 사람이었으니까.

그래도 술을 마셔도 굉장히 강해서 싸우기 어려웠다.

걸음을 가누지 못하면서도 공격은 강력했고, 내 공격은 휘청거리며 피해 버렸다.

그토록 싸우기 어려운 상대는 처음이었다.

"술은 안 마셔도 돼요?"

"응? 아, 괜찮아. 이번에는— 진심으로 할거니까."

그 말에 소름이 돋는 것처럼 몸이 오싹거렸다.

술을 마시며 싸워도 강했던 사람이 진심으로 덤빈다.

과연 얼마나 강할까?

전생이나 현생에서나 내가 싸웠던 사람 중 가장 강한 자는 틀림없이 펠릭스지만, 리베르트 씨는 그 녀석과 막상막하였다.

펠릭스도 검을 쓰긴 했으나, 기술은 크게 뛰어나지 않았다.

굳이 따지면 그 녀석은 기술보다 신체 능력이 월등히 우수했다.

내 공격을 눈으로 보고 피할 정도의 동체 시력과 반사 신경을 가졌으니까.

리베르트 씨는 그 정도 신체 능력은 없을지언정 그 차이를 메우고도 남을 기술을 가졌다.

나도 밀리지는 않는다고 생각하지만…… 정말로 밀리지 않는지는 지금부터 알게 될 것이다.

"알겠습니다. 하죠."

"그렇게 나오셔야지."

우리는 거리를 벌렸다.

몇 미터 떨어져서 자세를 잡는다.

이만큼 거리가 있어도 나와 리베르트 씨라면 단숨에 좁힐 수 있다.

"저, 저기 봐! 부단장님이 싸운다!"

"응? 오, 진짜네. 그래도 부단장님은 원래 여러 사람이랑 싸우잖아?"

"그래도 오늘은 술을 안 마셨어!"

"뭐? 거짓말하지 마! 취검이 아니면, 진심으로 싸운다는 말이야?"

주변 사람들이 리베르트 씨를 보고 웅성거리는 소리가 들렸다.

"상대방은 누구야?"

"에릭 아울린이야!"

"오! 저번 전투에서 활약했다던 그 녀석이군!"

"소문으로는 부단장님의 취검에 이긴 적이 있대!"

"이거 빅매치가 되겠어!"

나도 저번 급습으로 이름이 조금 알려진 모양이었다.

개인적으로는 칭찬받을 싸움이 아니라고 생각하지만.

주변에 있던 사람들이 모두 훈련을 멈추고 우리 싸움을 구경하러 모여들었다.

"하, 이 정도로 주목을 살 줄은 몰랐는데."

"역시 부단장님은 인기가 좋네요."

"너도야. 어이, 거기 너."

리베르트 씨가 가장 가까이 있던 사람에게 말을 걸었다.

"네, 넷!"

"동전 던져."

리베르트 씨는 주머니에서 꺼낸 동전을 그 사람에게 던졌다.

그 사람은 동전을 잡으려다가 실패해 떨어뜨리고 말았다.

허둥지둥 주워서 긴장한 얼굴로 나와 리베르트 씨를 봤다.

"그, 그럼 준비는 되셨습니까?!"

"그래, 물론이지."

"네, 언제든 시작하세요."

그 사람은 떨리는 손으로……

"그럼, 던집니다!"

동전을 튕겼다.

◇　◇　◇

나는 복구 작업을 마치고 훈련장으로 왔다.

오전에 훈련하던 사람들과 교대할 시간이 돼서 왔는데, 조금 일찍 왔는지 아직 오전조가 훈련을 하고 있었다.

내가 담당하던 구역의 복구는 다른 곳보다 빨리 끝났으니까 조금 일찍 훈련을 시작해도 문제는 없겠지.

맞다, 마침 에릭이 오전조였어.

오랜만에 에릭과 싸워 보고 싶다.

그 녀석은 나보다 강하다.

혼자서 하는 것보다 좋은 훈련이 되리라.

그렇게 생각하며 넓은 훈련장에 모인 많은 사람 속에서 한 인물을 찾았다.

어려울 줄 알았는데 의외로 금방 찾았다.

왜냐하면 에릭은 인파의 중심에 있었으니까.

훈련 중인데 모두 손을 멈추고 뭔가를 보고 있었다.

웬일인가 싶어 다가가자 내가 찾던 에릭이 있었다.

이 인파는 에릭의 싸움을 구경하려는 사람들이었다.

에릭과 대치한 사람은, 리베르트 부단장님이었다.

"저기요, 이게 무슨 일이죠?"

나는 근처에 있는 지인, 가끔 에릭과 훈련하는 사람에게 말을 걸었다.

에릭이 항상 「아저씨」라고 부르는 사람이었다.

"응? 아, 유리나 씨. 보다시피 에릭이랑 부단장님이 싸울 거야."

"이 사람들은요?"

"궁금해서 구경하려는 거겠지. 뭐, 나도 똑같지만. 단장님이 있었으면 해산시켰을 거야."

그 말대로 이 자리에 예레 단장님이 계셨다면 훈련을 하러 돌아가라며 주의를 줬을 것이다.

하지만 지금은 주의를 줄 사람이 없었다.

누구라도 궁금하지 않을까.

베고니아 기사단 최강자, 리베르트 부단장.

그리고 혜성처럼 등장한 신인, 왕도 전투에서 대활약한 에릭 아울린.

그 두 사람 중 누가 더 강한가.

진지하게 생각해본 적은 없지만, 나도 궁금해졌다.

훈련도 좋지만 남의 싸움을 보는 것도 공부가 될지 모른다.

이 싸움은 눈에 새겨서 배워야 한다.

그렇게 자신에게 변명하고 두 사람의 싸움을 관찰하기로 했다.

두 사람이 자세를 잡고, 근처에 있는 사람이 동전을 튕겼다.

아마 그 동전이 땅에 떨어진 순간 싸움이 시작된다.

그리고— 동전이 땅에 닿았다.


처음 공격에 나선 사람은 부단장님이었다.

둘 사이의 거리를 단번에 좁히며 목도를 휘둘렀다.

기사단 병사는 반응하지 못할 속도. 그 공격만으로 대부분의 사람은 나가떨어질 것이다.

나도 아슬아슬하게 피할 수 있을지 확신할 수는 없다.

하지만 에릭은 당황하지도 않고 그 공격을 목검으로 받아냈다.

그리고 목도를 흘려버리는 동시에 공격으로 넘어갔다.

부단장님은 목을 노리는 목검을 몸을 젖혀 피했다.

몸을 젖히면 자세가 흐트러진다……고 생각했는데, 그대로 에릭의 옆구리에 발차기를 먹인다.

에릭은 아슬아슬하게 팔로 방어했고, 일단 거리를 벌렸다.

그 공방을 보고 구경꾼들이 한순간 웅성거렸다.

"와, 엄청나네……."

옆에서 보는 아저씨가 감탄하는 소리가 들렸다.

지금 공방만으로도 여기 모인 구경꾼들과는 차원이 다른 기술과 힘을 선보였다.

부단장님의 첫 공격을 막으며 반격으로 이어간 에릭.

저런 기술은 어떻게 하면 익힐 수 있는 걸까.

그리고 그걸 피해서 반격한 부단장님도 몸놀림이 굉장히 교묘하다.

양날검과 외날검의 싸움은 그것만으로 주목할 만하지만, 싸움에 딱히 검만 써야 한다는 규칙은 없었다.

발차기를 날린 부단장님도, 그것을 막은 에릭도 그 점을 잘 알고 있었다.

나는 이렇게 유연하게 싸울 수 없다.

그 싸움법을 저 둘의 싸움에서 배워야 한다.

"제법이야, 에릭."

"리베르트 씨야말로, 설마 그 자세에서 공격할 줄은 몰랐어요."

"몰랐는데 막았냐?"

"생각보다 느리더라고요."

"어쭈?"

그런 대화를 서로 웃으며 나눴다.

하지만 잠깐도 긴장은 풀지 않았고, 상대가 공격해 와도 즉각 대응했을 것이다.

힘은 아마도 호각.

기술은 에릭이 조금 우위. 왜 연하인 에릭이 기량에서 더 뛰어난지 이해가 안 되지만, 아마도 재능이겠지.

그렇지만 몸을 사용하는 방식은 부단장님이 뛰어났다.

애초에 취검이라는 괴상한 검술을 쓰는 사람이 아니던가.

피하는 법과 공격하는 법이 워낙 다채로워서 그 움직임에 대응할 수 있는 사람이 적었다.

에릭의 기량으로도 공격을 맞히지 못했고 어떻게 움직일지 예측하지 못했다.

어느 쪽이 이길지 예상도 되지 않았다.

"슬슬 오전조가 교대할 시간이니까 빨리 끝내자."

"그러죠."

그리고 또 부단장님이 먼저 공격을 시작했다.

이 싸움은 그 후 기사단 내에서 오래도록 사람들의 입에 오르내렸다.

전투으로부터 약 2주가 지났다.

왕도 복구 작업은 순조롭게 진행됐고, 적군이 휩쓸었던 거리에는 더 이상 잔해가 보이지 않았다.

무너진 건물은 아직 재건되지 않았지만, 그것도 앞으로 한 달이면 전부 원래 모습을 되찾으리라.

이토록 빠르게 복구가 진행될 줄은 생각하지 못했다.

레오 폐하가 거리로 나와 직접 소매를 걷어붙인 것도 대단했다.

병사와 백성들이 한사코 말렸지만, 폐하는 제지를 뿌리치고 육체노동에 뛰어들었다.

그 모습이 왕도에 사는 사람들에게 희망과 활기를 불어넣었다.

그게 레오 폐하의 자연스러운 행동이며 단순한 퍼포먼스가 아니라는 것도 다들 알고 있었다.

그래서 사람들은 레오 폐하를 사랑하는 것이다.

레오 폐하가 복구 현장에 나간 탓인지, 크리스토도 몇 번이나 복구를 도우러 왔다.

"오오! 아들아! 오늘도 왔구나!"

"시끄러워, 아버지. 빨리 그 무식한 힘으로 이 잔해나 치워."

"맡겨만 둬라!"

두 사람은 사람들이 말려도 무시하고 일을 도왔다.

레오 폐하가 그러는 건 늘 있는 일이지만, 크리스토까지 나설 줄은 몰랐다.

전에 왜 왕자의 일을 도중에 내팽개치고 돌아와서 복구 작업을 돕는지 물어봤다.

"아버지는 아무런 사심 없이 사람들과 함께 살아가. 그래서 민중에게 사랑받고, 베고니아 왕국은 반란이 한 번도 일어나지 않아 안정적이지. 몇 년이 걸릴지는 모르지만, 나도 언젠가 아버지의 뒤를 이어서 왕이 될 거야. 아버지의 자리를 넘겨받았을 때, 민중에게 『아버지가 나았다』라는 말을 듣기는 싫어. 나는 사심을 가지고 사람들과 함께 하는 거야."

크리스토는 씩 웃으며 말했다.

"……너는 너대로 계획이 있구나."

"그야 난 아버지처럼 아무 생각 없이 행동하지는 않으니까. 그 바

보는 오히려 감탄스러워. 아무것도 생각하지 않고 행동할 뿐인데 어진 왕으로 칭송받잖아."

크리스토는 거칠게 말하지만, 아버지 레오 폐하의 장점을 잘 알고 있었다.

레오 폐하는 지도자의 덕목을 타고난 인물이다.

자각은 없겠지만, 그 사람은 꾸밈없는 행동으로 호감을 산다.

자기 행동을 주변에 보여줘서 사람을 이끄는 유형의 지도자.

그래서 아무 생각 없이 행동해도 그걸 본 사람들이 뒤따라온다.

그건 일종의 천부적인 재능이다.

평범한 사람은 레오 폐하의 행동을 따라해봤자 효과가 없다.

크리스토는 그 사실을 알면서도 레오 폐하에게 밀리지 않는 왕이 되고자 한다.

따라 할 수 없으니까 신중히 생각해서 행동하고, 그 이상이 되려고 한다.


그래도 크리스토, 나는 알아.

너도 레오 폐하와 같은 일을 할 수 있다고.

네가 전생의 내 목숨을 구해줬으니까.

네가 순수하게 한 행동으로, 나는 너를 존경하게 됐으니까.

"힘내, 차기 국왕님."

"그래, 나만 믿어."

나와 크리스토는 주먹을 맞댔다.

네가 왕이 되면, 내가 반드시 옆에서 지탱해 줄게.


그리고 오늘.

나는 스파이 임무를 수행하기 위해 왕도를 떠난다.

함께 가는 사람은 예정대로 티나와 유리나 씨.

크리스토의 호위를 했을 때처럼 이른 아침부터 준비를 했다.

기숙사 앞에 마차가 있어서 거기에 짐을 모두 실었다.

"에릭, 여기는 끝났어."

"이쪽도."

"좋아, 그럼 처음에는 제가 마차를 몰게요."

"그렇게 해."

이번 여행에서는 나와 유리나 씨가 교대로 마부를 맡기로 했다.

"미안, 나는 못 도와줘서."

"아냐, 괜찮아. 대신 마법에 기대할게."

"응! 맡겨줘!"

티나는 스파이로서 필요한 마법을 연습하느라 말을 다루는 법을 배우지 못했다.

안네 단장님이 한시도 떨어지지 않고 마법을 가르친 모양이었다.

"준비는 끝났나요?"

준비를 마치자마자 예레 씨와 리베르트 씨가 왔다.

그 뒤에는 안네 단장님도 있었다.

"네, 끝났습니다."

"좋군요. 처음에 어디로 가야 하는지는 숙지하셨죠?"

"물론입니다."

어느 나라에 가서 어떤 정보를 구할지는 이미 다 교육받았다.

나도 스파이 임무는 이번이 처음이었다.

모르는 것투성이지만, 반드시 완수해야 한다.

린도 제국과의 전쟁에서 우세를 점하기 위해서 우리가 얻어야 하는 정보는 중요하다.

그리고…… 스파이 임무를 하면서 엘레나 씨도 찾아야 한다.

임무를 제대로 수행하면서 사람을 찾기는 힘들겠지만, 그러려고 이 임무를 받았다고 해도 과언이 아니었다.

스파이니까 정체를 들키면 죽을 가능성도 있었다.

긴장을 풀지 않도록 유념하자.

"반드시 임무를 완수해 주세요."

"네."

"알겠습니다."

"대충대충 적당히 잘해봐."

리베르트 씨는 가볍게 웃으며 그렇게 말했다.

정신을 똑바로 차려야겠다고 다짐하자마자 기운 빠지네…….

"에릭, 방심하면 안 된다."

"네, 명심할게요."

리베르트 씨는 그 말만 남기고 돌아서서 손을 휘휘 저으며 돌아갔다.

우리 쪽 이야기가 끝나서 티나를 보자 아직 안네 단장님과 이야기를 나누고 있었다.

"안네 씨, 비비아나 씨는요?"

"그 애는 아직 자."

"······한결같네요."

사실 부단장인 비비아나 씨도 여기 올 예정이었다고 한다······.

너무 평소대로 오히려 마음이 편안했다.

"열심히 해. 티나 아울린. 방심은 금물이야."

"네!"

티나 쪽 대화도 끝나서 우리는 마차에 올라탔다.

나는 마부석에, 티나와 유리나 씨는 마차 안으로.

"그럼 임무를 완수하고 오겠습니다."

"열심히 할게요!"

"최선을 다하겠습니다."

우리는 예레 씨와 안네 단장님에게 인사하고 마차를 출발시켰다.


린도 제국과의 전쟁을 대비하기 위한 스파이 활동이 지금부터 시작된다.

HE CHALLENGES THE FIGHT FATEFULLY.

He lost all his
important things. As he
reappons, he aims
for the invincibility to save
everything.

# 제 5 장 │ 스파이 임무로

"처음으로 갈 나라는 하루지온 왕국입니다."

스파이 임무를 떠나기 사흘 전에 예레 씨에게 들은 말이었다.

"하루지온 왕국인가요……."

전에 아저씨에게 들은 이야기를 떠올렸다.

아저씨가 소름돋을 만큼 엘레나 씨를 추궁해서 겨우겨우 알아낸 출신지.

첫 글자가 『하』인 나라나 도시.

즉, 하루지온 왕국이 포함된다.

어쩌면 엘레나 씨는 하루지온 왕국에 있을지도 모른다.

그래서 처음부터 하루지온 왕국에 가고 싶었다.

……게다가 내가 개인적으로 만나고 싶은 사람이 있는 곳이기도 하다.

하지만 첫 목적지가 하루지온 왕국인 이유는 뭘까.

나나 엘레나 씨를 생각한 배려는 아닐 것이다.

"왜 하루지온 왕국이죠?"

"당신들이 스파이 임무를 떠나고 일주일 후, 레오나르도 폐하와 크리스토퍼 왕자님이 하루지온 왕국으로 출발합니다."

"······네?"

레오 폐하와 크리스토가 하루지온 왕국에 간다?

대체 왜 이런 혼란스러운 시기에?

"왕자님께 들은 바로는 에릭과 비비아나 씨가 그 타이밍에 돌아온 건 하루지온 왕국의 이레네 왕녀님 덕분이라고 하더군요?"

"아! 네, 사실입니다."

그랬다. 우리가 펠릭스의 동생 니나가 있는 마을에서 출발하려던 때, 이레네가 찾아왔다.

나는 생에서 그녀를 처음 만나고 눈물을 쏟을 뻔했지만, 그녀의 입에서 나온 말에 눈물이 들어가고 말았다.

이레네가 베고니아 왕국이 급습당했다는 소식을 전해줘서 비상사태라고 깨달았다.

"급습이 왔을 때 마도구로 연락했지만 연결이 되지 않았죠. 어떻게 사태를 파악하고 돌아왔는지 신기했는데 이제 이해가 되네요."

리베르트 씨도 이레네의 말을 듣고 마도구로 연락했지만, 뭔가에 방해를 받아서 연결이 되지 않았다.

이레네가 오지 않았다면 나와 비비아나 씨는 돌아올 수 없었다.

그랬다면 전생처럼 베고니아 왕국이 멸망했을지도 모른다.

린도 제국은 그렇게 강한 국가는 아니지만, 엘레나 씨가 일으킨 세 번의 폭발로 베고니아 왕국은 제법 위험한 상황까지 갔었다.

비비아나 씨가 없었다면 어쩌면 끝장났을 수도 있다.

나는······ 엘레나 씨에게 당해서 돌아온 의미가 없었다고 해도 과언이 아니었다.

전투에서 어느 정도 활약은 했지만, 그 후에 바로 전선에서 이탈하고 말았다.

"에릭, 괜찮아요?"

"앗…… 네. 죄송합니다."

위험하다. 그때 일을 떠올리고 잠깐 정신을 팔았다.

제대로 집중하자.

"……너무 과거의 실패에 연연하지 마세요. 실패를 거름삼아 성공으로 이어가세요."

"네. 감사합니다."

내가 무슨 생각을 하는지 들킨 모양이다.

예레 씨의 말을 새겨듣고 마음가짐을 바로잡자.

"하루지온 왕국이 구해준 셈이니까 레오나르도 폐하가 직접 방문하셔서 감사 인사를를 전하겠다고 하십니다."

"직접, 가시나요?"

"네……. 이 힘든 시기에 말이죠."

예레 씨는 목구멍까지 올라온 한숨을 간신히 삼켰다.

"저도 이번만은 참으라고 말씀드렸지만, 『예레가 있으면 이 나라는 괜찮다』라고 하시더군요……."

"……힘내세요."

그때를 떠올렸는지, 결국 한숨을 쉬고 말았다.

"호위 병사가 약 쉰 명정도 붙고, 안네 단장이 지휘할 겁니다."

"쉰 명이면, 많은 편인가요?"

"턱없이 부족해요. 폐하에 왕자님까지 계시면 두 배 이상은 필요합니다."

그렇겠지.

우호적인 나라라도 왕과 왕자가 타국에 가기에는 적은 호위병이었다.

아무리 안네 단장님이 계시다지만, 하다못해 리베르트 씨나 비비아나 씨가 따라가는 편이…….

—아! 설마……!

"미끼인가요?"

"……눈치가 빨라서 좋네요."

예레 씨는 내 질문에 긍정했다.

아니, 그게 무슨…… 나라에서 가장 중요한 인물이 미끼가 된다고……?

"폐하와 왕자님이 하루지온 왕국에 방문하신다는 정보는 아직 공표하지 않았습니다. 당신들이 임무를 떠나는 날 발표할 생각이에요. 그리고 그때, 린도 제국과 다른 나라가 어떻게 움직이는지 조사하세요."

역시 그랬나.

레오 폐하가 호위도 얼마 없이 하루지온 왕국에 간다고 공표하면 폐하를 없애고 싶은 나라가 하루지온 왕국으로 암살자를 보낼지도 모른다.

……어쩌면 하루지온 왕국에 있을지 모르는 엘레나 씨가 의뢰를 받고 암살하러 올 수도 있다.

그 사람은 본업이 암살자라고 했으니까.

리베르트 씨와 비비아나 씨를 대동하지 않는 이유는 미끼를 물기 쉽게 노출하면서 베고니아 왕국이 또 습격받았을 때에 대응하기 위함이겠지.

그 두 사람이 있으면 이기지 못할 싸움은 거의 없을 테니까.

"폐하가 도착할 때까지 린도 제국의 움직임에 대해 정보를 모으세요. 그리고 폐하를 노리는 자가 있다면…… 처리를 부탁합니다."

"예."

그런 자가 있다면 폐하가 도착하기 전에 우리가 미리 대처하는 편이 낫다.

하지만 그 역할로 엘레나 씨가 온다면…….

싸우게 될지도 모르지만, 우리 세 명이라면 생포할 수도 있을 것이다.

거기서 사정을 들을 수 있을지 모른다.

엘레나 씨가 와줬으면 하는 마음, 오지 말았으면 하는 마음이 뒤섞인다.

갈피가 잡히지 않는다.

오면 그 사람이 암살자로서 움직인다는 뜻이니까.

그리고 역시 개인적으로는— 하루지온 왕국에 간다면 이레네를 만나고 싶다.

직접 만나러 가지는 못하지만, 가능하다면……

그런 생각이 머리를 맴돌았다.

무척 소란스러운 술집.

하루지온 왕국의 왕도, 중심가에서 벗어난 곳에 자리한 작은 가게.

이곳에서 다양한 사람이 술을 마시고 있었다.

일하고 돌아가는 길에 들른 사람, 친한 친구와 온 사람.

남녀 모두 있지만, 비율은 남성이 더 많지 않을까.

술에 취한 사람이 많은 탓인지 목소리를 키워 떠드는 사람이 대부분이었다.

그래서 가게 안은 시끌벅적했고, 작은 목소리라면 아무도 듣지 못할 것이다.

"……들려?"

그건 잘 알지만, 나는 최대한 목소리를 죽였다.

옆 사람에게도 들릴지 말지 모를, 이 술집 안에서는 절대로 들리지 않을 성량으로.

그리고 카운터에 앉은 내 옆에는 아무도 없었다.

다른 사람이 보면 혼자 쓸쓸하게 마시러 온 사람이다.

복장도 망토를 입고 후드를 깊게 눌러써서 얼굴이 보이지 않아 위험한 인물로도 보이리라.

"응, 들려. 너도 들려?"

방금 내 말에 대답하는 소리가 들렸다.

내 옆에는 아무도 없었다.

지금 말한 사람은 이 술집의 테이블석에 있을 것이다.

"들려. 그럼 예정대로 진행해."

"알았어."

서로 속삭이는 소리가 들린다면 마법이 제대로 작동한다는 뜻이었다.

바람 마법으로 내 목소리가 티나에게, 티나의 목소리가 내게 전달되는 방식이었다.

소리는 공기의 떨림이므로 공기를 조종하면 작은 목소리라도 멀리 전달할 수 있다고 한다.

나는 그런 원리는 잘 모르지만, 티나가 안네 단장님에게 배웠다고 말했다.

"이봐, 주인장."

"응? 넌 뭐야, 못 보던 얼굴…… 얼굴이 안 보이잖아."

나는 조금 전처럼 작은 목소리가 아니라 소란스러운 가게에서도 앞에 있는 가게 주인에게 들리도록 말을 걸었다.

"예전에 얼굴에 보기 안 좋은 상처가 났거든. 입맛 떨어지니까 안 보는 편이 나아."

"……그렇다면야. 그래서 왜? 주문할 거 있어?"

아마 거짓말이라고 눈치챘겠지만, 가게 주인은 이야기를 이어갔다.

"아니, 주문은 됐고 이야기를 좀 하고 싶어서."

"술집에 와서 술도 안 시키는 놈이랑 할 얘기 없어."

"……그럼 제일 약한 술로."

"기다려."

술을 마시러 온 건 아니지만, 이야기를 들으려면 주문할 수밖에 없었다.

잠시 기다리자 술이 든 나무 맥주잔이 앞에 놓였다.

잔을 들고 가볍게 한입 축였다.

도수가 낮은 탓일까, 상큼한 과일향이 강했다.

"이 나라에는 처음 왔는데, 꽤 괜찮은 곳이군."

"그래? 행색이 딱 여행자 같더라니."

일단 정보를 끌어내기 위해서 잡담으로 운을 뗐다.

"다른 나라는 여기보다 더 살벌했어."

"하루지온 왕국은 지금 왕이 강하니까 다른 나라보다 도전자가 적어서 그렇겠지."

여행자라는 설정이라서 다른 나라에도 간 적이 있는 것처럼 말했다.

마족의 나라는 힘이 강한 자가 위에 군림하는 곳.

강하면 지하 거리에서 태어나도 왕이 될 수 있다.

그건 전생에서 펠릭스가 증명했다.

"이름이, 세레도니아 폐하였나?"

"맞아. 얼마 전까지는 도전하려는 사람도 없었는데, 최근 들어 조금 생겼다더군."

"흠, 그래?"

"전에 세레도니아 폐하가 한 번 졌었거든."

"그럼 국왕이 바뀌나?"

"그럴 예정이었는데 폐하를 이긴 녀석이 죽었나봐. 소문으로는 누구랑 싸우다가 죽었다나 뭐라나."

응, 그건 알지.

내가 죽였으니까.

"그랬어? 하지만 그런 일이 있었던 게 믿어지지 않을 만큼 나라가 안정되어 보여."

"그럴 만도 하지. 폐하는 한 번 졌으니까 퇴위하라고 떠들던 녀석도 있지만, 『그럼 네가 싸워서 이기든가』라고 말하면 그런 것들은 입을 다물어버려."

"약한 것들이군."

"입만 살아서는 이 나라에서 위로 올라갈 수 없으니까. 하지만 왕도는 진정됐어도 왕도 주변 마을은 공격을 받는 모양이야."

"그 이야기는 들은 적이 있어."

크리스토를 호위하며 이 나라에 왔을 때, 공격받는 마을을 발견하여 그곳을 돕기 위해 끼어들었다.

"그러니까 왕도를 나갈 때는 조심해."

"충고 고마워. 당분간 왕도를 관광할 거니까 떠날 때쯤에는 잠잠해지길 빌어야지."

"글쎄다. 폐하도 대책은 마련했겠지만, 이 나라는 제법 넓어. 당장은 안정되지 않을 거야."

"그래? 그럼 느긋하게 기다리지 뭐. 이 나라는 관광할 곳이 많아 보이니까."

"잘 생각했어. 상점가에서 재미있는 물건을 팔기도 하고, 구경거리도 많은 편이야."

가게 주인도 관심이 있는 화제였는지, 추천하는 가게나 구경거리를 이것저것 알려줬다.

나는 적당히 맞장구를 치면서 대화를 이어갔다.

"거기 곡예사는 한 번쯤 봐야 해. 보면 깜짝 놀랄 거야."

"그건 보러 가보고 싶군. 다양한 것을 보고 싶으니까. ……아참, 이 나라에서 가지 말아야 할 곳은 없어?"

"뭐? 그런 건 뭐 하러 물어?"

"관광하다가 모르고 들어가면 위험하잖아? 전에 그런 곳에 발을 들였다가 큰일 날 뻔했어."

"아, 그럴 수도 있겠군."

가게 주인은 고민하는 기색으로 가서는 안 될 곳을 말해줬다.

"우선 지하 거리는 안 돼. 거긴 가봤자 아무것도 없고, 지하 거리 녀석들이 널 털어먹으려고 노릴 거야."

"지하 거리라. 다른 곳은?"

"이 나라는 지하 거리 말고 그런 곳이 거의 없지만…… 굳이 찾자면 귀족 거리에도 안 가는 편이 나아. 너처럼 수상한 녀석이 가면 무조건 체포당해."

“훗, 그럴 테지.”

피식 웃으며 맞장구쳤는데, 가게 주인과는 다른 목소리가 들렸다.

“에릭, 이쪽은 조사 끝났어. 먼저 나갈게.”

가게 주인이나 다른 사람에게는 들리지 않는, 나에게만 들리는 목소리.

“알았어. 금방 갈게.”

나도 가게 주인과 대화하던 큰 목소리가 아니라 티나에게만 전해질 성량으로 중얼거렸다.

후드를 써서 가게 주인은 내 입이 보이지 않을 테니까 중얼거린 줄도 모를 것이다.

“고마워, 주인장.”

나는 술값에 더해 좋은 이야기를 들려준 대가로 팁을 얹어줬다.

“별말씀을.”

“또 관광하다가 들를게. 그때는 그 곡예사 이야기나 더 하자고.”

“좋지. 기다릴게.”

그리고 나는 후드를 더 깊이 눌러쓰고 가게를 나왔다.


술집을 나와 지정된 장소로 향했다.

그곳에는 나와 비슷하게 망토를 입고 후드를 쓴 사람이 있었다.

“에릭, 수고했어.”

“너도. 일단 돌아갈까?”

티나였다.

수상한 차림새가 오히려 눈에 띄지만, 스파이 활동이니까 얼굴이 보이지 않게 후드를 눌러쓰고 있었다.

방금 술집 같은 곳은 그나마 괜찮다. 중심가에 가까운 가게라면 가만히 있어도 의심을 살 것이다.

그래서 그쪽을 조사할 때는 후드는 쓰지 않고 입만 덮는 마스크를 하고 다녔다.

우리는 주변을 경계하면서 숙소로 돌아갔다.

비싸지도 않고, 그렇다고 너무 싸지도 않은 숙소.

이 도시에 도착했을 때, 여행자가 자주 이용하는 곳이라고 들어서 이곳에 방을 잡았다.

"그 둘은 이미 와 있을까?"

"글세? 두 사람이 더 멀리 갔으니까 우리가 먼저 도착할 것 같은데."

그렇게 대화하며 숙소로 돌아와 방으로 들어왔다.

여행자가 많은 숙소라서 그런지 1인실이 많았지만, 우리는 숫자가 적은 2인실을 두 개 잡았다.

나와 티나가 같은 방이고 남은 두 사람이 옆방이었다.

방에 돌아온 우리는 우선 망토를 벗었다.

"후우, 망토는 안쪽이 푹푹 쪄서 싫어."

"공감하지만, 임무잖아."

"그건 나도 알아."

티나는 머리카락을 손으로 대충 빗으며 한숨을 쉬었다.

오늘은 밤에도 날씨가 무더워서 더 힘들었다.

중심가 쪽으로 가서 후드를 쓰지 않을 두 사람이 살짝 부러웠다.

"나는 오늘 별다른 성과가 없었어."

하루지온 왕국에 도착하고 사흘이 지났다.

그동안 우리는 여러 곳에서 정보를 구했지만, 오늘은 새로운 정보가 없었다.

굳이 말하면 지금 왕도에서 유행하는 볼거리 정도일까.

"나도 없어. 손님들 이야기는 웬만큼 다 들었는데…….."

티나는 그 가게에 있던 손님의 이야기를 마법으로 전부 엿듣고 있었다.

그렇게 시끄러운 술집에서는 옆자리 손님의 목소리도 분간하기 힘들지만, 마법이 있으면 가능하다.

술집에는 다양한 사람이 모인다.

그리고 사람들의 이야기는 곧 정보다.

술집에 모이는 사람의 대화에서 정보를 모을 수 있다.

떳떳하게 일하는 사람이 있는가 하면…… 음지에서 일하는 사람도 술집에 오고는 한다.

심지어 그만큼 시끄러운 술집이라면 살짝 수상한 대화를 나눠도 아무도 듣지 못한다고 착각하리라.

그 점을 노려서 티나가 마법으로 정보를 수집하는 것이다.

하지만 아직 유효한 정보는 얻지 못했다.

이미 이 나라에 베고니아 왕국의 레오나르도 폐하가 방문한다는 정보는 돌고 있었다.

그래서 레오나르도 폐하를 노리는 자들이 있으면 이미 나타났어도 이상할 게 없다.

"그래? 그럼 그 두 사람을 기다릴 수밖에 없나."

"먼저 샤워해도 돼?"

"응. 먼저 해."

머리에 찬 땀 때문에 참을 수 없었는지 티나는 욕실로 갔다.

얼마 안 있어 샤워 소리가 들렸다.

콧노래도 흥얼거리고 있었다.

유리나 씨와 함께 있는 다른 한 사람은 이 나라에 들어오고 합류한 협력자다.

네 명이 숙소에 묵어도 남자 한 명에 여자 세 명은 눈에 띄기 때문에 유리나 씨가 남장을 하고 있었다.

유리나 씨는 키가 커서 머리를 짧게 보이도록 꾸미고 남자 옷을 입으면 여자로 보이지 않았다.

솔직히 엄청나게 멋있었다.

남자로 보이지만…… 가슴을 꽉꽉 압박하느라 조금 힘들어 보였다.

그 부분은 참을 수밖에 없지만.

잠시 기다리자 옆방에서 문이 열리는 소리가 났다.

돌아왔나 보다.

그리고 마침 티나도 샤워를 마치고 나오는 참이었다.

"푸하, 개운하다."

"두 사람도 돌아왔나봐."

티나는 머리를 수건으로 닦으며 침대에 앉았다.

그리고 기다리는데 우리 방문을 노크하는 소리가 들렸다.

"에릭, 티나, 나야."

나와 티나는 눈빛을 교환하고 티나가 고개를 끄덕였다.

마법으로 목소리를 속이지 않았는지, 티나가 확인했다.

그리고 변조되지 않았음을 확인하고 안으로 들어오도록 문을 열었다.

"수고했어요, 유리나 씨."

"그래, 너희도."

유리나 씨는 머리가 짧아졌다.

자르진 않았다. 다만, 나는 잘 모르는 방법으로 짧게 보이도록 꾸몄다고 한다.

머리가 조금 긴 남성으로밖에 보이지 않았다.

그리고 유리나 씨 뒤에 있는 협력자…….

"너도 수고했어, 니나."

"응, 수고했어."

펠릭스의 동생, 니나 글라디오였다.


우리가 하루지온 왕국 왕도에 도착하기 전.

하루지온 영토에 들어온 뒤 우리 마차는 드넓은 초원을 달렸다.

입국은 했으나, 바로 왕도가 나오지는 않는다.

앞으로 하루는 마차를 몰아야 왕도에 도착한다.

그래서 어디선가 야영을 해야 할 상황이었는데…….

"이거 참, 이렇게 빨리 다시 뵐 줄은 몰랐군요! 자, 한 잔 더 받으시죠!"

"가, 감사합니다…….”

어떤 촌락에서 엄청난 환대를 받았다.

이곳은 전에 습격에서 구해준 촌락이었다.

전과는 다른 경로로 가고 있었는데 우연히 또 이 촌락에 도착한 것이다.

마족 나라의 촌락은 한곳에 정착하지 않고 자주 이동하기 때문이었다.

처음에는 우리와 마을 사람들이 서로를 경계했으나, 대화를 시도했더니 마을 사람 대부분이 내 얼굴을 알고 있었다. 낯선 이방인을 향한 경계심은 순식간에 열렬한 환영으로 바뀌었다.

그리고 밤이 된 지금은 마을 잔치가 벌어졌다.

유리나 씨와 티나도 내 일행이라는 이유로 함께 환영받았지만, 조금 당황한 눈치였다.

스파이 임무인데 오자마자 얼굴을 드러내도 되는 걸까…….

다행히 이 사람들은 내 이름은 알아도 우리가 마족이 아니라는 사실은 몰랐다.

인간족과 마족은 겉모습이 비슷하니까.

차이점은 마족의 경우 감정이 고양됐을 때 눈 색깔이 바뀌는 정도였다.

그러고 보니 이 촌락에는…….

"그런데 니나 글라디오는 없나요?"

펠릭스의 동생 니나가 있었을 것이다.

원래는 니나가 이 촌락에 수호 마법을 걸어서 이곳 사람들은 안전을 보장받고 있었다.

그런데 이번에는 우리가 이곳에 접근했을 때 무척 경계하는 분위기였다.

수호 마법이 있으면 그토록 경계할 이유도 없을 것이다.

"아…… 그 녀석은 또 어디론가 사라졌어요."

내 잔에 호쾌하게 술을 따르던 촌장님이 언짢은 감정을 숨기지 않고 대답했다.

"이번에는 펠릭스가 아니라 친구를 찾으러 간다며 뛰쳐나갔습니다."

"친구요?"

"네. 우리는 누군지 모르지만요……."

니나에게도 친구가 있었나.

아니, 무시하는 게 아니라 전에 이야기했을 때 그런 사람은 없다는 식으로 말하지 않았던가?

니나는 왕도 지하 거리 출신이었다.

거기서 쓰러져서 죽을 뻔했을 때 펠릭스에게 도움을 받았고, 그 이후로 쭉 펠릭스를 따라다닌다고 했다.

그러니까 친구가 있다면 지하 거리 출신의 친구일지도 모른다.

지하 거리에 있을 때는 친구가 있었지만, 행방불명된 아이가 많앉다고 했다.

혹시 그 행방불명된 사람들을 찾으려는 건가?

다만, 행방불명자는 대개 납치되어 노예로 팔려 간다고 말했다.

그 사람들을 찾기는 어려울 듯한데…….

그 후로도 잔치가 계속됐고, 우리는 밤늦은 시각이 되어서야 풀려났다.

나는 그다지 취하지 않고 끝나서 다행이지만…….

"에리이익…… 천지가, 핑핑 돈다아아……!"

"유리나 씨, 괜찮으세요?"

술에 익숙하지 않은 유리나 씨가 완전히 취하고 말았다.

"천재지변이야아, 우리 다 죽어어……!"

"당신뿐이에요, 천재지변을 겪고 있는 건."

유리나 씨 눈에는 땅과 하늘이 회전하고 있나?

휘청대다가 넘어질 뻔한 유리나 씨의 어깨에 팔을 둘러 부축했다.

가슴이 내 몸에 닿지만, 천을 감았는지 무척 딱딱했다.

답답하지 않나?

"침대예요. 이제 자야죠."

"나는 더 마실 수 있어어……."

"턱도 없는 소리를 하시네."

"아하하, 유리나는 귀족이니까 술을 마실 기회가 별로 없었나 보네?"

티나는 유리나 씨를 보고 웃었다.

의외로 술이 센 티나는 우리 중에서 가장 많이 마시고도 아직 말짱해 보였다.

전에 왔을 때와 똑같이 촌장님은 우리에게 집을 빌려주셨다.

야영 도구를 가지고 왔지만, 오늘은 쓰지 않아도 될 것 같다.

그렇게 우리는 빌린 집에서 밤을 보냈다.

다음 날, 나는 아침 일찍 일어나서 출발 준비를 했다.

티나도 일어나서 도와줬지만, 유리나 씨는 아직 자고 있었다.

술에 취해서 잠들었으니까 깨려면 시간이 걸릴 것이다.

그리고 깨어나면…… 숙취로 고생 좀 하겠지.

힘내세요, 유리나 씨.

속으로 응원하며 마차를 정비하는데 누가 다가왔다.

얼굴을 들어 돌아보자 니나가 있었다.

"에릭……? 왔었어?"

"아, 니나. 어제 왔었어."

니나는 나를 보고 눈을 동그랗게 뜨고 있었다.

여기에 내가 있을 줄은 상상도 하지 못했겠지.

"에릭, 아는 사람이야?"

티나가 나에게 물었다.

그러고 보니 설명하지 않았군.

하지만 펠릭스의 동생이라서 말하기가 껄끄럽다.

우리 마을을 습격한 자의 동생이라고 소개하는 것도 좀…….

어떻게 말해야 할지 고민하는데 니나가 내 앞까지 다가왔다.

그리고 내 어깨를 덥석 잡았다.

"왜, 왜 그래?"

니나는 진지한 표정으로 나를 올려다보며 똑바로 눈을 쳐다봤다.

"에릭! 엘레나를 같이 찾아줘!"

"……뭐라고?"

니나의 뜬금없는 발언에 당황하면서도 사정을 듣기 위해서 다시 집 안으로 들어갔다.

밖에서 이야기하면 다른 마을 사람에게 들릴 가능성이 있었다.

극비 임무의 내용을 밝힐 수는 없지만, 우리에게는 그와 같은 수준으로 중요한 안건이었다.

"펠릭스 글라디오의, 동생……."

"오빠와 피가 섞이지는 않았지만."

티나에게 니나에 관해 설명했다.

"그렇구나……."

마을을 습격한 펠릭스의 동생이니까 지금 바로 친하게 지내라고는 할 수 없었다.

나도 처음에는 그러지 못할 거라고 생각했다.

아니, 우리보다 니나가 더 복잡한 심정을 가졌겠지.

사랑하던 오빠를 죽인 사람이 바로 나니까.

하지만 니나는 펠릭스의 야망을 듣고 내심 그만두기를 바랐다고 한다.

내가 펠릭스를 죽여줘서 고맙다는 말까지 들었다.

그래서 나와는 아무런 앙금도 남지 않았지만…… 티나는 어떨까.

"티나는 그 마을에 살았구나. 오빠 때문에, 미안해."

"됐어, 니나 잘못이 아니잖아. 마을 사람들도 무사하고, 에릭이랑 나도 살아있어."

"그래도……."

"게다가 나는 그 사건 덕분에 에릭 옆에 서겠다는 목표가 생겼으니까."

티나는 그러면서 나를 보고 미소 지었다.

나는 살짝 부끄러워져서 고개를 돌렸다.

"사이가 좋네, 너희."

"그야 그렇지. 어릴 적부터 함께 지냈으니까."

"그래…… 어릴 적부터, 함께……."

니나는 티나의 말을 곱씹듯이 반복하더니 순간 고개를 숙여 비통한 표정을 지었다.

지금 말 어디에 그런 표정을 지을 부분이 있었을까.

그렇게 생각하는데 니나가 고개를 들어 말했다.

"나도…… 엘레나와 어릴 적부터 함께 지낸, 친구였어."

"—!"

그렇다. 그 이야기를 하려고 집 안으로 들어왔다.

그 말인즉…….

"으응…… 후아아, 크윽, 머리가……!"

뒤에서 소리가 들려서 돌아보자 침대에서 유리나 씨가 상체를 일으키고 있었다.

그러고 보니 유리나 씨는 어제 과음해서 아직 자고 있었지.

잠시 잊고 있었다.

머리를 부여잡는 유리나 씨에게 티나가 다가가서 상태를 물었다.

"유리나, 괜찮아? 물 마실 수 있겠어?"

"그래……. 마실 수는 있지만, 내 몸이 왜 이러지……?"

"어제 술 마신 거 기억 안 나?"

"술…… 듣고 보니까 마신 것 같기도……."

어제의 기억이 날아갈 정도로 마셨나.

술판 막바지에는 아예 딴사람처럼 망가졌었으니까 기억하지 않는 게 유리나 씨를 위한 일일지도 모른다.

그때, 물을 건네는 티나를 보고 나는 어떤 추억을 떠올렸다.

"……나도 옛날에 술을 마셨을 때, 엘레나가 돌봐줬어."

"……!"

니나가 나지막이 중얼거린 말에 경악하고 말았다.

나도 지금 막 그런 추억을 떠올리고 있었으니까.

내가 크리스토와 재회하고 이 세계에서 처음 친구를 사귄 기념으로 술을 마신 다음 날.

숙취로 두통에 시달릴 때, 엘레나 씨가 물을 건네줬다.

의심하지는 않지만, 역시 니나가 찾는 엘레나 씨는 우리가 아는 사람과 동일인물 같았다.

그 후, 유리나 씨가 이야기를 들을 수 있을 만큼 몸이 회복되어
니나를 소개했다.

유리나 씨는 펠릭스를 몰라서 엘레나 씨를 아는 인물이라고만 전
했다.

"엘레나 씨를 안다고?! 으……!"

"너무 소리 지르지 마. 머리 아파."

"그, 그래. 그런 것 같군……."

아직 숙취가 완전히 가시지는 않았나 보다.

유리나 씨는 앞으로 술을 못 마시게 해야 할 것 같다.

이번에는 괜찮지만, 임무에 지장이 생길 가능성이 있다.

"그래서, 지금 엘레나 씨는 어디 있지?"

유리나 씨는 머리를 살짝 누르며 물었다.

"그건 몰라."

"으, 그래? 행방까지는 알 수 없나."

"그래서 함께 찾아줬으면 해."

"그건……."

유리나 씨가 나를 봤다.

일단 우리도 엘레나 씨를 찾고 있지만, 극비 임무를 수행하는 범
위 내에서만 활동이 가능했다.

그래서 니나와 함께 엘레나 씨만 찾으러 다닐 수는 없는 노릇이
었다.

일단 니나에게 묻고 싶은 것이 몇 가지 있었다.

"니나, 엘레나 씨와 어릴 적부터 함께 지낸 친구라고 했지?"

"응, 맞아."

"그 말은— 엘레나 씨도 지하 거리 출신이라는 말이야?"

니나는 지하 거리에서 자랐고, 죽어가던 중에 펠릭스가 구해줬다고 말했다.

"응. 엘레나는 나랑 같이 지하 거리에서 살았어."

"역시 그랬나……."

설마 엘레나 씨가 하루지온 왕국 지하 거리에 있었다니, 생각지도 못했다.

"지하 거리는, 어떤 곳이지?"

그런 곳을 전혀 모르는 유리나 씨가 물었다.

"하루지온 왕국의 더러운 부분을 전부 쑤셔넣은 곳. 법도, 빛도 없이, 쓰레기를 뒤지며 살아갈 수밖에 없는 곳."

"미안, 배려심이 없는 질문이었어."

"아니야, 괜찮아."

"그나저나, 엘레나 씨는 그런 곳에 자랐나……."

우리가 아는 엘레나 씨는 명랑하고 무척 다정했다.

그런 곳에서 자랐다고는 보통 생각하지 못하리라.

"나는 일주일 전에 엘레나를 만났어. 난 그때까지 엘레나가 죽은 줄만 알았어."

"죽었다고? 왜?"

그렇게 팔팔하게 살아있는 사람을 죽었다고 착각할 만한 일이 지하 거리에서 있었나?

유리나 씨와 티나는 모르겠지만, 나는 알고 있었다.

그리고 역시 내 생각이 맞았다는 것이 니나의 말로 증명됐다.


"엘레나는 지하 거리에서— 납치됐으니까."


나는 그 단어를 예상한 탓에 그다지 놀라지 않았지만, 다른 두 사람은 눈을 크게 떴다.

"뭐?! 엘레나 씨가, 납치를……?!"

"어떻게 그런 일이……!"

전에 니나와 이야기하다가 들었다.

지하 거리에 살던 아이들은 오래 살아남기 어려웠다고.

식량을 확보할 수 없고, 만약 구해도 주변 어른이 죽여서 빼앗는다.

굶어 죽거나 맞아죽거나.

거기에 더해 어린아이는 납치되어 사라지기도 한다.

외모가 빼어난 아이를 노예로 쓰기 위해 잡아가는 것이다.

그리고 니나의 친구 중 납치된 아이가 엘레나 씨였다.

"노예로 팔려서 귀족의 노리개로 이용되다가 죽는 거야. 흔한 노예의 말로지."

"잠깐! 하루지온 왕국에는 노예 제도가 있나?!"

유리나 씨가 놀라서 물었다.

마족 나라 중에서는 무척 치안이 좋고, 베고니아 왕국과 양호한 관계를 쌓은 하루지온 왕국.

그런 나라가 노예 제도를 공인한다면 놀랄 만도 하다.

"법으로는 금지됐어. 그래도 법이 닿지 않는 곳도 있어. 지하 거리가 대표적인 예야."

"하지만 귀족이 노예를 고용한다니……!"

"귀족이 전부 그렇지는 않아. 극히 일부지만, 국왕을 따르고 싶어 하지 않는 귀족이 있어. 그리고 노예는 『고용』이 아니라 『사용』하는 거야."

"……큭!"

유리나 씨는 노예의 처지를 암시하는 단어에 차마 말을 잇지 못하고 입술을 깨물었다.

베고니아 왕국에도 옛날에는 노예 제도가 있었다고 하지만, 몇 세대 전에 비인격적 노예 대우가 문제시되며 폐지됐고 지금은 완전히 근절되었다.

하루지온 왕국도 마찬가지로 표면적으로는 노예 제도를 폐지했으나, 아직 음지에서는 노예가 존재하는 모양이었다.

유리나 씨는 귀족이라서 그런 사정을 잘 알지도 모른다.

"엘레나도 납치돼서 노예로 팔려 죽은 줄만 알았어. 하지만 얼마 전에 다시 만났어."

"얼마 전이 언제지?"

"일주일 정도 됐어."

일주일 전…… 그 침공이 있었던 이후다.

나를 기절시킨 후 베고니아 왕국에서 마족 나라로 이동하던 중에 마주쳤나.

"오랜만에 만나서 잠깐 이야기를 나눴어. 그때, 에릭과 엘레나가 아는 사이라는 말을 들었어."

그래서 나와 만나자마자 엘레나 씨를 같이 찾아 달라고 했나.

전에 나와 니나가 만났을 때는 엘레나 씨 이야기는 꺼낸 적도 없는데.

"니나는 왜 엘레나 씨를 찾으려고 해? 일주일 전에 만났을 때, 무슨 일 있었어?"

한 번 만나고 헤어졌다면 왜 굳이 찾으려고 할까?

"지금 뭘 하고 지내는지도 이야기했는데…… 엘레나는 아직도 노예라고 했어."

"뭐?! 엘레나 씨가 아직도 노예 취급을 받는다고?!"

유리나 씨가 눈을 크게 뜨며 반응했고, 니나는 침통하게 고개를 끄덕였다.

"그래도 보통 노예와는 취급이 달라 보여. 명령을 듣는 한 생활을 보장해준대."

"설마, 엘레나 씨는 그 명령으로 베고니아 왕국에 침투한 걸까?"

"……아직 단정할 수 없지만, 그럴 가능성이 없지는 않아."

엘레나 씨는 자신을 암살자라고 말했지만, 그건 명령때문에 한 짓이 아닐까.

그렇게 생각하자 그 싸움에서 엘레나 씨가 우리를 배신했을 때 조금 슬픈 표정을 보였던 이유도 설명이 된다.

하지만 엘레나 씨는 그때 자신에게 「우선할 것」이 있다고 말했다.

자신의 생활을 우선해서 배신했다?

그건 아니라는 느낌이 들었다.

그렇다면 스파이로서 베고니아 왕국에 왔을 때 주인을 배신하고 그대로 생활해도 충분했다.

어떤 「목적」이 우선이라고 말했는데, 그게 과연 뭘까?


턱에 손을 대고 생각하고 있었는데 옆에서 큰 소리가 들렸다.

놀라서 그쪽을 보자 유리나 씨가 앉은 책상에 주먹이 묻혀 있었다.

"……큭! 미안, 나는 냉정하게 못 있겠어. 잠시 밖에 있을게."

유리나 씨는 피가 흐르는 주먹으로 검을 잡고 집에서 나갔다.

얼떨떨하게 유리나 씨를 바라보다가 아차 싶어 일어났다.

"에릭, 내가 갈게."

쫓아가려는데 티나가 나를 막았다.

티나를 보자 내 눈을 마주보며 고개를 끄덕였다.

"……알았어. 맡길게."

"응, 에릭은 니나랑 정보 교환하고 있어."

티나는 그러고 집을 나갔다.

◇ ◇ ◇

"유리나!"

내 이름을 이토록 친근감을 담아서 부르는 사람은 세상에 단 한 명밖에 없다.

"엘레나 씨."

돌아보며 그 사람의 이름을 불렀다.

"같이 훈련할까!"

"네, 부탁합니다."

엘레나 밀우드 씨.

내가 유일하게 존경하는 선배였다.


처음 만난 것은 기사단 수습이 된 첫해였다.

나는 2년 차에 바로 기사단에 들어왔지만, 대다수의 수습은 더 오래 걸린다.

2년 만에 기사단에 들어오는 사람은 손에 꼽을 정도다.

하지만 나는 반드시 2년 안에 기사단에 들어가겠다고 단단히 벼르고 있었다.

나는 마법은 못 쓰지만, 검 실력에는 자신이 있었다.

수습 시절, 단장님이나 부단장님과 모의 전투에서는 졌어도 동기와 선배에게는 한 번도 지지 않았다.

그 때문에 나는 고립됐다.

아마 내 성격도 고립의 이유였겠지.

빈말로도 사교적이지 못하다는 것은 나도 안다.

나는 넓은 식당에서 홀로 식사했다.

그런 내게 말을 건 사람이 엘레나 씨였다.

"옆자리, 비었어?"

"어? 그, 그래, 비었는데……."

"다행이다. 늦어서 자리가 없을 줄 알았어."

엘레나 씨는 전부터 알고 지낸 친구처럼 내 옆에 앉았다.

"유리나 씨지? 나는 엘레나 밀우드야. 반가워."

"바, 반가워……."

"유리나 씨의 소문은 들었어. 올해 들어왔는데 강하다며? 굉장하네, 들어오기 전에도 훈련했어?"

웃음을 잃지 않고 말을 거는 엘레나 씨에게 나는 어물어물 대답했다.

"마, 맞아. 검술 선생님을 고용해서 훈련했었어."

"와, 그렇구나. 몇 살부터?"

"다섯 살부터."

아마 나보다 연상이라고 생각했지만, 존댓말은 쓰지 않았다.

그때의 나는 존경할 만한 사람에게만 존댓말을 쓰기로 마음먹고 있었다.

하지만 엘레나 씨는 싫은 티도 내지 않고 즐겁게 이야기했다.

"아, 벌써 점심 휴식 끝났네. 유리나 씨, 나중에 같이 훈련하자."

"알았어."

그날 오후 훈련, 일 대 일 전투에서 처음으로 엘레나 씨와 싸웠다.

지금까지 싸운 사람 중에서는 강한 편이었지만, 내가 더 강했다.

"아야야……."

엉덩방아 찧은 엘레나 씨에게 손을 내밀었다.

엘레나 씨는 고맙다며 내 손을 잡고 일어났다.

역시 보는 것만큼 가벼웠다.

"와아, 유리나 씨 강하네?"

"엘레나도 생각보다 강했어. 양손에 단검을 든 싸움법은 솔직히 대단하다고 생각해."

"그래? 고마워."

그날부터 엘레나 씨는 거의 나와 훈련을 함께했다.

그리고 가끔씩 사적으로 나를 찾아왔다.

엘레나 씨를 조금 귀찮게 느끼기도 했으나, 사실 기쁜 마음이 더 컸다.

"엘레나 씨는 왜 나한테 말을 걸었죠?"

알게 되고 며칠쯤 지났을 때, 엘레나 씨에게 그렇게 물어봤다.

함께 지내면서 존경할 수 있는 선배라고 생각하여 존댓말을 쓰게 되었을 무렵이었다.

"나는 재미없는 사람이고 붙임성도 없어서, 그게……."

"사람들한테 미움받는다고?"

"……네. 이렇게 직설적으로 듣고 싶지는 않았지만요."

"아하하, 미안미안."

엘레나 씨는 짧게 웃고 대답해 줬다.

"으음, 그냥 이야기해보고 싶어서? 굉장히 강하다고 소문난 애랑 이야기하고 싸워보고 싶었으니까?"

"그럼 싸우고 끝, 아닌가요?"

"그래? 유리나랑 이야기하면 재미있으니까 끝내고 싶다는 생각은 안 들었는걸."

"그런가요……."

엘레나 씨는 나와 달리 인기가 많은 사람이었다.

귀염성도 있고 제법 강해서 수습을 졸업하고 3년째에 기사단에 들어갈 거라는 평가를 받았다.

그런 사람이 귀염성도 없고 재미도 없는 나에게 매일 말을 걸어 주는 이유를 알 수 없었다.

엘레나 씨는 납득하지 못하는 나에게 웃으면서 말을 이었다.

"유리나랑 즐겁게 지내는데 다른 사람의 평가는 상관없어."

"……!"

"내가 유리나랑 있고 싶으니까 있는 거야. 유리나도 다른 사람이 『엘레나랑 다니지 마!』라고 말해도 같이 있어 줄래?"

"……네, 물론입니다."

"후훗, 고마워!"

엘레나 씨는 무척 다정하게 웃으며 말했다.

살짝 눈물이 날 뻔했던 기억이 난다.

"그러고 보니 전부터 궁금했는데 왜 엘레나 씨는 기숙사에서 안 보이죠?"

"음, 그야 난 남자니까?"

"……네?!"

"응?"

며칠을 함께 지냈는데 계속 여자라고 생각한 사실은 지금 떠올려도 좀 부끄럽다.


그런데…….

누구보다 다정하고 웃음이 끊이지 않던…….

그토록 인격이 훌륭한 엘레나 씨가…….


—노예였다니…….


엘레나 씨와 친구였다는 니나의 이야기를 듣다가 견딜 수 없어서 나는 밖으로 나와버렸다.

몸 안쪽에서 들끓는 감정을 집 안에서 쏟아 버리지 않게.

밖에서 기분을 풀려고 검을 들고나왔지만, 나를 따라온 티나가 어떤 제안을 했다.

"유리나, 싸우자."

"……응?"

아무 맥락도 없는 말에 얼빠진 대답을 했지만, 티나는 신경 쓰지 않고 웃으며 말했다.

"나도 지금 몸을 움직이고 싶은 기분이야."

그리하여 우리는 싸움을 시작했다.


"큭……!"

나는 정면에서 충격을 받고 날아갔다.

몸이 공중에 뜰 정도였지만, 간신히 자세를 바로잡아 착지했다.

"아직 안 끝났어!"

티나는 그렇게 소리치며 또 마법을 발사했다.


처음 티나와 싸워 봤는데, 생각보다도 더 강했다.

보통은 검사와 마법사가 일 대 일로 싸우면 검사의 압승으로 끝난다.

마법을 발동하기 전에 접근하면 끝이기 때문이다.

하지만 티나는 마법을 발동하는 시간이 굉장히 짧았다.

나는 거리를 빨리 좁히는 편이라고 생각하지만, 그것을 상회하는 속도로 마법을 쓰고 있었다.

그렇다고 위력이 낮지도 않았다.

회피마저 능숙했다.

내가 다가가서 공격해도 피하고, 이어진 다음 공격도 피해 버렸다.

그것을 피하는 동안 티나도 다음 마법을 발동해 나를 날려 보낸 것이다.

검을 칼집에 꽂고 휘둘러서 평소보다 느리다고는 하나, 누구나 쉽게 피할 만한 공격은 아니었다.

에릭과 같은 마을 출신이라서 특별한 훈련이라도 받은 건가?

"흡······!"

주먹 크기의 바위를 여럿 날리는 마법을 검으로 튕겨서 가까스로 피했다.

"허억, 허억······."

내가 확실하게 밀리고 있었다.

이대로 가면 진다.

나와 티나 사이에는 이 정도로 실력 차이가 있었나?

아니······ 그런 게 아니겠지.

내가 냉정했다면 두 번째 공격은 티나를 맞혔을 것이다.

이렇게 아슬아슬한 싸움을 하는 도중에도 머리는 아예 딴생각을 하고 있었다.


엘레나 씨······!

왜 그토록 다정하던 사람이 노예가 된 거야!

내가 태어나기 전에는 베고니아 왕국에도 노예제가 있었다고 들었다.

열악한 환경에서 노동을 시키거나 사람에게는 도저히 할 수 없을 법한 악랄한 짓을 했다고 하지만, 어쨌거나 지금은 사라졌다.

그 당시 자행됐던 악행을, 가정교사에게 배운 적이 있었다.

정말로 그런 일이 있었는지 의심했을 정도였다.

그 이야기를 들었던 날은 밤에 잠을 자지 못할 만큼 무서웠다.

하루지온 왕국의 노예 제도는 옛날 베고니아 왕국만큼 심각하지 않을지도 모른다.

하지만 납치당하고 노예로 부려지다니…….

"젠장……!"

나는 티나를 향해 달렸다.

작은 얼음덩어리 수십 개가 나에게 날아들지만, 적당히 튕겨냈다.

"윽……!"

그러는 와중 몇 개나 맞아서 신음이 새어 나왔지만, 고통 따위는 개의치 않고 접근했다.


깨닫지 못했다.

엘레나 씨가 노예였다니.

생각도 못 했다.

그렇게 순수하고 다정하게 웃는 사람이 노예라니. 지금도 믿어지지 않는다.

이 가슴에서 휘몰아치는 감정은, 분노다.

엘레나 씨를 납치한 자, 그리고 지금도 노예로 부리는 자에 대한.

그리고— 나 자신에 대한 분노.

왜 나는 알아차리지 못했을까.

그 순수하고 다정한 웃음 뒤에 숨은 잔혹한 과거를.

"한심하긴……!"

나는 엘레나 씨에게 도움만 받았다.

엘레나 씨가 없었으면 혼자 고립된 채 수습 시절을 보냈을 것이다.

내가 고민하고 있을 때, 상담해줬다.

훈련밖에 모르던 나를 거리로 데리고 나가줬다.

당신의 웃는 얼굴을, 좋아했다.


"하아앗!"

나는 접근해서 검을 휘둘렀다.

그리고 티나가 몸을 옆으로 틀어 간발의 차로 피했다.

곧바로 다음 동작으로 공격을 이었다.

하지만 또 마법을 썼는지 티나는 예비 동작 없이 후방으로 점프해 피했다.

땅을 박차고 다시 거리를 좁힌다.

거리를 벌리면 불리한 상황으로 돌아간다.

티나는 또 아슬아슬하게 피했지만, 무리한 자세로 피한 탓에 엉덩방아를 찧었다.

엘레나 씨……!

나는 당신에게 도움만 받고 아무것도 돌려주지 못했어요.

당신이 과거에 그렇게 괴로워했는데 전혀 눈치채지 못했어요.

아니, 알려고도 하지 않았죠.

지금 당신은 괴로운가요?

돌아가서 노예로 취급받고 있나요?

왜 나한테 말해주지 않았죠?

당신이 지금 괴롭다면…….

다음은 내가 당신을 구하겠습니다.

귀찮다고 생각해도, 반드시.

나도 처음에는 당신을 귀찮다고 생각했으니까.


"으아아아아!"

분노와 슬픔, 그리고 결의를 가슴에 품고…….

나는 넘어진 티나에게 검을 내리쳤다.

"그래……. 알려줘서 고마워."

"아니야. 나야말로 고마워. 엘레나에 대해 알려줘서."

나와 니나는 엘레나 씨에 관한 정보를 나누고 서로에게 감사했다.

여기서 니나와 만난 것은 행운이었다.

왕도에 가서 어떻게 엘레나 씨의 정보를 모으면 될지 가닥이 잡

혔다.

"니나는 하루지온 왕국의 어디를 찾았어?"

"귀족 거리는 찾을 수 없으니까 음지의 정보를 모았어."

"음지?"

"엘레나가 암살자라는 이야기는 들었으니까 그쪽 정보를 조사하려고 했어."

"그렇구나."

좋은 방법이라고 생각했다.

그 방면으로 조사하면 언젠가 엘레나 씨의 정보가 나올지도 모른다.

하지만 아무리 찾아도 나오지 않을 가능성도 있다.

개인으로 활동하는 암살자라면 음지의 인맥 없이 일을 구할 수 없으므로 반드시 찾아낼 수 있다.

하지만 엘레나 씨는 귀족의 노예다. 특정 귀족 아래서 억지로 암살자로 일한다면 조사해봤자 단서는 나오지 않을 것이다.

가뜩이나 암살자의 정보는 찾기 어려운데 한 귀족만을 위해 일한다면 더 말할 것도 없다.

"너희도 엘레나를 찾고 있지?"

"맞아. 일단 임무가 우선이지만."

아무리 목적이 같아도 니나에게 극비 임무의 내용은 밝히지 않았다.

"나도 같이 찾게 해줘."

"아니, 그러니까 우리는 임무를 우선해야 해서……."

"그 임무, 나도 도와줄게. 너희랑 같이 찾는 게 빠를 것 같아."

"음……."

물론 혼자 찾는 것보다 우리와 함께 찾는 편이 효율은 좋겠지.

우리도 하루지온 왕국의 어두운 측면을 잘 아는 니나가 함께하면 큰 도움이 된다.

하지만 극비 임무에 관해서는 나 혼자 판단할 수 없는데…….

"알았어. 동료와 상의해보고 대답은 나중에 할게."

"응, 부탁할게."


슬슬 유리나 씨가 진정됐는지 확인하려고 니나와 함께 밖으로 나왔다.

"……저 둘은 왜 싸우고 있지?"

"글쎄?"

왠지 유리나 씨와 티나가 싸우고 있었다.

유리나 씨는 검을 들고 나가길래 검술 훈련으로 화를 풀려는 줄 알았는데, 설마 티나와 싸우고 있을 줄이야.

그것도 꽤 격하게 싸우고 있었다.

유리나 씨는 칼집에서 검을 뽑지 않았고, 티나도 치명상을 주는 마법은 쓰지 않았는데, 그것을 제외하면 진심이 느껴지는 싸움이었다.

우세한 쪽은 티나였다.

유리나 씨는 방금 이야기를 듣고 동요한 탓인지 반응이 느렸다.

아, 숙취의 영향도 있겠네.

"둘 다 강하네."

"응. 강하긴 하지."

기사단 안에서는 세 번째…… 아니, 단장님을 포함하면 네 번째로 강할 유리나 씨.

그리고 마법 기사단에서 단장, 부단장 다음으로 강할 티나.

전 세계를 뒤져도 이들에게 이길 수 있는 사람은 많지 않으리라.

"그래도 에릭이 더 강하지?"

"……글쎄."

유리나 씨에게는 이기겠지만, 티나는 정말로 모르겠다.

물론 접근전이 되면 일격에 쓰러뜨릴 자신이 있었다.

하지만 단번에 거리를 좁히지 못하고 마법 발동을 허용하면……
결과는 예측할 수 없다.

"아니야. 에릭이 가장 강할 거야."

"왜?"

"그야 펠릭스 오빠를 이겼으니까."

니나는 그렇게 단언했다.

"일 대 일이었으면 아마 졌을 거야. 티나가 마법으로 보조해줘서
겨우 이겼지."

"그래? 그럼 에릭과 티나가 손을 잡으면 최강이구나."

"……뭐, 부정은 하지 않을게."


그런 이야기를 하고 있자 두 사람의 싸움에도 끝이 보였다.

유리나 씨가 단숨에 접근해서 검을 휘둘렀고, 그것을 피한 티나
가 균형을 잃고 넘어졌다.

거기에 머리 위로 치켜든 검을……?!

"—큭!"

전혀 멈출 생각이 없는 유리나 씨의 공격을 보고 달려나갔다.

그리고 티나 뒤에 서서 내 검으로 공격을 막았다.

윽, 무거워!

유리나 씨가 온 힘을 담은 공격으로 묵직한 충격이 퍼졌지만, 간신히 막아냈다.

"허억, 허억…… 내, 내가 지금……."

"진정됐나요, 유리나 씨?"

"그, 그래. 미안, 에릭. 막아주지 않았으면 나는……."

"냉정해져서 다행이에요."

나는 주저앉은 티나의 손을 잡고 일으켜 세워줬다.

"티나, 미안해. 하마터면 다치게 할 뻔했어."

"아니야, 괜찮아."

음, 뭐, 티나는 괜찮겠지.

유리나 씨가 그대로 공격했으면 티나가 진심으로 공격했을 것이다.

"……지금 건 위험했어."

다가온 니나가 중얼거린 소리가 들렸다.

유리나 씨는 마력을 못 느끼니까 눈치채지 못했겠지만, 아마 니나는 알았겠지.

넘어진 순간, 티나의 마력이 엄청난 속도로 팽창한 것을.

다칠 뻔했던 사람은 아마 유리나 씨였다.

"에릭도 막아줘서 고마워!"

"아…… 응."

방긋 웃는 티나에게 나는 쓴웃음을 돌려줬다.

내가 막아서 천만다행이다…….


티나와 유리나의 싸움을 막은 뒤, 나는 혼자 그 자리를 벗어났다.

주위에 아무도 없는 것을 확인하고 옷에 든 마도구를 기동했다.

이런 이른 아침에 사용할 일은 없었는데, 과연 연결될까?

잠시 기다리자 마도구에 반응이 있었다.

『네, 예레입니다. 긴급사태인가요?』

마도구에서 기사단 단장 예레 씨의 목소리가 들렸다.

이 마도구는 멀리 있는 사람과 연락하는 물건이었다.

목소리를 선명하게 전달할 수 있어서 스파이 활동에는 필수품이라고 할 수 있다.

전에 크리스토를 호위할 때도 부단장인 리베르트 씨가 가지고 있었다.

그때는 마도구로 연락이 되지 않아서 왕도가 공격받았다는 사실을 알아차릴 수 없었다.

"에릭입니다. 긴급사태까지는 아니지만, 판단하기 어려운 일이 생겨서……."

나는 이 마을에서 니나를 만나 엘레나 씨의 정보를 알아냈다고 간략하게 설명했다.

"그래서 엘레나 씨를 찾는다는 목적이 일치해서 니나가 동행을 요구하는 상황이라⋯⋯."

『⋯⋯에릭, 한 가지 확인하고 싶네요.』

"네, 뭔가요?"

『당신들은 극비 임무를 수행하러 떠났습니다. 엘레나 씨를 찾는다는 목적을 우리에게 들키지 않는다는 조건으로. 잊으셨나요?』

"아⋯⋯."

그, 그랬지⋯⋯.

예레 씨와 리베르트 씨는 이미 아니까 말해버렸지만, 원칙대로라면 엘레나 씨를 찾는다는 사실을 발설한 것 자체가 임무 실패다.

그런데 그것을 상담하려고 하다니⋯⋯.

마도구에서 예레 씨의 한숨 소리가 들렸다.

"죄송합니다⋯⋯."

『아뇨, 저도 아니까 임무에 지장이 없다면 괜찮습니다. 그 점은 항상 명심하십시오.』

"네, 알겠습니다!"

일단 주의를 주고, 예레 씨는 내가 전한 사안을 고민했다.

『니나 글라디오⋯⋯ 펠릭스 글라디오의 의남매였죠.』

"네."

『믿어도 되는 인물인가요? 동행하겠다면, 우리 임무를 알고 협력해야 합니다. 실력도 받쳐주지 않으면 임무 수행에 방해만 될 가능성이 커요.』

의심하는 건 당연했다.

베고니아 왕국을 멸망시키려던, 아니, 실제로 전생에서는 멸망시킨 자의 동생이니까.

하지만……

"저는 믿어도 된다고 생각합니다."

니나는 말을 험하게 하는 경향은 있어도 솔직한 성격이었다.

남을 속이고 이용할 사람은 아니었다.

……물론 전에 한 번, 암살을 시도했지만.

그래도 정직하게 잠잘 때를 노린 것은 속임수에 서투르다는 증거였다.

무엇보다 니나는 엘레나 씨를 위해서 필사적으로 뛰어다녔다.

지하 거리 시절의 친구를 찾겠다는 이유 하나만으로.

몇 년이나 만나지 못한 친구라서 못 본 척할 수도 있었다.

그래도 니나는 친구인 엘레나 씨를 찾으려고 했다.

―내가 전생의 친구 크리스토를 찾았던 것처럼.

"실력은 문제없습니다. 공격 능력은 낮지만, 방어 능력은 아마 비비아나 부단장님 이상이라고 판단합니다."

니나는 수호 마법을 쓸 수 있었다.

공격 마법은 못 쓴다고 하지만, 수호 마법은 평범한 마법사라면 하급 마법조차 익히지 못하는 어려운 마법이었다.

상급 수호 마법까지 다루는 니나는 방어 능력에 한해서는 비비아나 씨와 티나보다 우월할 것이다.

『그런가요? 에릭은 니나 글라디오와 동행해도 된다고 생각하나요?』

"……네. 임무의 효율도 오를 겁니다."

말은 그렇게 했지만, 예레 씨는 덜컥 믿지 못하겠지.

나라의 운명을 가르는 중요한 임무에 수상한 동행자를 허락해 줄 리가―.

『알겠습니다. 니나 글라디오의 동행을 허가하죠.』

"네……? 괜찮나요?"

『네.』

의외로 싱겁게 허락해줬다.

왜 이렇게 쉽게?

『니나 글라디오에 대해서는 우리도 여러모로 조사해봤습니다.』

"어, 그런가요?"

『네. 하루지온 왕국의 지하 거리 출신에 펠릭스의 의남매. 엘레나 밀우드와 친구라는 사실은 몰랐지만, 어지간한 정보는 파악해뒀습니다.』

설마 니나를 이미 조사했었다니.

그래도 저번 여행에서 니나와 접촉했으니까 그때부터 조사했을 수도 있겠구나.

아니지, 사실은 전부터 알고 있었나?

『그래서 에릭이 그 정도로 확신한다면 저도 이견은 없습니다.』

"감사합니다."

얼마나 알고 있는지 모르겠지만, 어쨌든 니나의 동행은 허락받았다.

"전달 드릴 사항은 이상입니다."

『그런가요. 그렇다면 이만……』

『앗, 뭐 해?』

이제 막 연락을 끊으려는데 어쩐지 반대편의 상황이 이상했다.

예레 씨가 아닌 목소리가 들렸다.

알아들을 수 없지만, 반대편에서 예레 씨가 누군가와 대화를 나누고 있었다.

그러다가 마도구로 다시 목소리가 들렸는데, 예레 씨가 아니었다.

『야, 에릭. 니나 글라디오도 데리고 가려고?』

"음? 아, 리베르트 씨예요?"

『그래, 나다. 오랜만이야.』

부단장 리베르트 씨에게 마도구를 넘겼나 보다.

왜 갑자기 바꿨지?

『리베르트, 마음대로 말하지 마세요.』

『뭐 어때, 잠깐은 괜찮잖아?』

……리베르트 씨가 마도구를 빼앗았나 보다.

『그나저나 에릭, 니나 글라디오를 데리고 간단 말이지……』

"앗, 네……."

리베르트 씨는 반대할까?

『너, 뭐야? 하렘이라도 차리려고 그래?』

"……네?"

이 인간은 또 무슨 소리야.

『남자 한 명에 여자 세 명이 여행하잖아. 재밌겠다?』

"아니, 그런 의도가 아니라……."

『적당히 해, 인마. 바람피워 봤자 좋은 거 없어.』

"……."

『오, 왜 갑자기 말이 없어? 설마 진짜로…….』

"그럼 다음에 정기 연락을 드리겠습니다."

나는 그렇게 말하고 마도구의 스위치를 껐다.

끊기 전에 리베르트 씨가 뭐라고 하는 소리가 들렸지만, 무시했다.

……이 사람, 아침 댓바람부터 술취했네.

# ■작가 후기

안녕하세요, 저자 shiryu(시류)입니다!

이 작품을 읽어주셔서 감사합니다!

3권을 구매하신 독자 여러분은 이미 아시겠지만, 본 작품은 「망가원」이라는 모바일 앱에서 만화로도 연재되고 있습니다.

제가 라이트 노벨 작가지만, 사실 어릴 적부터 쭉 만화를 보면서 컸어요.

주로 주간 소년 점프를요.

(……가가가 문고[#1]) 후기에서 이런 말을 적으면 혼나려나? 저, 그래도 금색의 갓슈는 전권 사서 닳도록 읽었어요! 살려주세요!)

그래서 제 작품이 만화로 만들어진다는 소식에 감격의 도가니, 신기방기했습니다!(요즘 젊은이들이 쓰는 말이 이게 맞나?)

담당하시는 만화가분은 오타 요칸 선생님.

저는 예전에 오타 요칸 선생님이 그림을 맡으신 「히토쿠이」를 본 적이 있습니다.

물론 제 작품의 담당이 되시기 전, 대충 2년 전의 일이었죠.

---

#1 가가가 문고 출판사 소학관의 라이트 노벨 브랜드. 주간 소년 점프는 슈에이사의 잡지다.

그래서 편집자님께서 오타 요칸 선생님이 그리시게 됐다는 말을 듣고 정말 놀랐습니다!

"앗, 나 이 사람 작품 알아! 본 적 있어!"

그렇게 놀라움과 흥분에 사로잡혔죠.

처음에 만화 1화의 콘티를 봤을 때는 정말 감동했습니다!

실제 본편 1화는 제가 읽은 콘티에서 꽤 수정되어 연재됐더군요.

그러니까 오타 요칸 선생님이 처음에 그리신 수정 전 1화 콘티는 저만이 아는 셈이죠!

그리고 그건 당연히 집에 소중하게 보관하고 있습니다! 둘도 없는 보물이에요!

(게다가 에릭과 티나의 캐릭터 디자인이 정식으로 정해지기 전에 오타 요칸 선생님이 그려주신 디자인도 있어요! 그것도 물론 소중하게 보관하고 있습니다! 언젠가 독자 여러분께 보여드릴 기회가 있으면 좋겠네요!)

만화는 지난 2월 19일에 1권이 발매되고, 발매 일주일 만에 긴급 증쇄에 들어갔습니다!

구매해 주신 모든 분께 감사의 말씀 전합니다!

(증쇄가 결정돼서 천만다행이에요……. 오타 요칸 선생님이라는 훌륭한 만화가가 그려주셨는데 증쇄되지 않는다면 순전히 원작 탓이라고 생각했으니까요…….)

아름다운 그림, 박력 있는 전투 묘사가 매력적이니까 아직 보지 않은 분은 꼭 읽어주셨으면 합니다!

오타 요칸 선생님.

멋진 만화를 그려주셔서 정말로 감사합니다.

매번 보내주시는 콘티와 완성 원고는 언제나 기대하고 있습니다. 그걸 볼 때마다 혼자 히죽댈 정도로요(웃음).

앞으로도 잘 부탁드립니다.


히죽댄다고 해서 기억났는데, 일러스트레이터 테시마 nari。님.

테시마 선생님의 일러스트가 올 때도 똑같이 히죽거리고 있습니다.

그래서 카페에서 집필할 때 일러스트가 도착하면 빨리 보고 싶은데 주변 시선을 신경 쓰며 몰래 보느라 고생하는 중이죠.

항상 입을 가리고 카페에서 히죽대고 있답니다.


마지막으로 독자 여러분, 본 작품은 아직 더 이어집니다.

다음 권에서도 여러분과 만나 뵙기를 기대하겠습니다.

이상으로 인사를 마치며, 지금까지 shiryu였습니다!

# 죽음에서 돌아와, 모든 것을 구하고자 최강에 도달한다 3

초판 1쇄 발행 2023년 6월 10일

**지은이_** shiryu
**일러스트_** 테시마nari。
**옮긴이_** 김장준

**발행인_** 최원영
**편집장_** 김승신
**편집진행_** 권세라 · 최혁수 · 김경민 · 최정민
**편집디자인_** 양우연
**관리 · 영업_** 김민원

**펴낸곳_** (주)디앤씨미디어
**등록_** 2002년 4월 25일 제20-260호
**주소_** 서울시 구로구 디지털로 26길 111 JnK디지털타워 503호
**전화_** 02-333-2513(대표)
**팩시밀리_** 02-333-2514
**이메일_** lnovellove@naver.com
**L노벨 공식 카페_** http://cafe.naver.com/lnovel11

SHINIMODORI, SUBETE O SUKUUTAME NI SAIKYO E TO ITARU Vol.3
by shiryu
ⓒ 2019 shiryu
Illustrated by teshima nari
All rights reserved.
Original Japanese edition published by SHOGAKUKAN.
Korean translation rights in Korea arranged with SHOGAKUKAN
through Shinwon Agency Co.

ISBN 979-11-278-6868-0 04830
ISBN 979-11-278-5911-4 (세트)

**값 11,000원**